落としの左平次

松下隆一

時代小説文庫

角川春樹事務所

本書は、ハルキ文庫（時代小説文庫）の書き下ろし作品です。

目次

落としの左平次

第一話　二人の神さま

一

「清四郎《せいしろう》、ちょっと来てくれ」

秋も半ばとなり、肌寒い風が吹き始めたある朝のこと。出仕したばかりの佐々木《ささき》清四郎が詰所で熱い茶を啜《すす》ってひと息ついていると、戸口から筆頭同心の浅沼庄左衛門《あさぬましょうざえもん》が笑顔を覗《のぞ》かせて言った。

とたんに清四郎は憂鬱になる。笑顔を絶やさぬ浅沼だが、今朝は飛び切りだ。こんなときは決まってありがたいお小言を拝聴することになる。

清四郎は齢《よわい》十八。定町廻り同心となって三年が経ったが、まだ見習い同然の扱いであった。

細身で六尺という必ず鴨居《かもい》に頭をぶつける飛び抜けて高い身の丈で、他の廻り方同心たちからは陰で「痩《や》せ胡瓜《きゅうり》」と呼ばれていることも承知している。黒の巻羽織に縞《しま》の着流しという廻り方の定番の颯爽《さっそう》とした風体も、清四郎の体形ではどこか間抜けに見えてしまう。色白で目鼻立ちが整った二枚目というのが救いだったが、頬にわずかに残る疱瘡《ほうそう》痕が、まだ子どもを思わせた。

いつものことだが、浅沼に連れて行かれた先は、宿直の寝間に使っている、急須と湯呑みしか置かれていない簡素な八畳の座敷だった。中庭に面していて、障子を透かして眩《まばゆ》いくらいの外光が入ってくる。

向き合って座ると清四郎は作法通り、両手をついて平身した。

「さて清四郎よ。お前の身は、本日よりしばらく左平次《さへいじ》預かりとなった」

浅沼は笑顔のまま、平然として言う。

「はあ？」

上目遣いに浅沼を見る清四郎の口から思わず声が漏れた。

「『はあ？』とはなんだ『はあ？』とは。『はっ』と答えぬか」

そう言いながらも浅沼は笑顔を絶やさない。この福々しく円満な顔に騙《だま》されてはならないと、清四郎はいつも思うのだ。

「左平次、預かり、と申しますと？」

清四郎には何のことだかさっぱりわからない。

「左平次というのはな、六年前に同心株を売り払って、今は町人の身分となっている男だ。廻り方としては南北両奉行所合わせても随一と呼ばれた、本当に腕の立つ男だ」

「腕はともかく、どうしてこの私がその左平次とやらの預かりとなるのでございましょう？」

浅沼は肉づきのいい顔をさらに崩してふふっと笑う。何がおかしいんだと清四郎は苛立《いらだ》った。

「実はな、知ってのとおりこのところ番所は大忙しだ。特に我ら廻り方は猫の手も借りたいくらいだが、そういうわけにもいかぬ。だから、非常時ということで外の者の手を借りることになったのだ。いや、かといって番所と何ら関わりを持たぬ者を引き込むわけにもまいらん」

「浅沼さま、外の者の手を借りるのは承知しましたが、なぜこの私が左平次預かりとなるのでございますか？」

「お前の修業のためだ」

「しかし」

「いいか清四郎。これは年番方与力の平松《ひらまつ》さまがご発案され、御奉行もお認めになられたことだ。異議を唱えることはまかりならんぞ」と言いながらも、浅沼は笑みを含んでいる。

年番方与力というのは奉行所内における与力の最高位で、所内の事情に精通し、人事、会計など、あらゆる決めごとを取り仕切り、監視し、時には奉行に諫言《かんげん》するなど、大きな権限を持つ最古参の与力だった。清四郎は平松とは直に話したこともないが、見かけるたびに何に化けるかわからない年老いた狐を連想したものだった。尤も、小柄な平松は清四郎の視界になかなか入らず、廊下ですれちがっても礼をしないというので浅沼から叱責されたこともある。

それにしても、どうして自分だけがこのような扱いになるのか清四郎には不満だった。

「またその面《つら》をする。お前のそういう気短な性格が災いするのだ。全く父御どのとは正反対だな。左平次のもとで叩き直してもらえ」

浅沼の声は怒気を孕《はら》んでいる。これで笑みが消えると厄介だぞと、清四郎は黙り込んだ。ただ亡き父、清左衛門《せいざえもん》と比べられるのは心外であった。清左衛門は五年前、突然卒中で亡くなった。そのとき清四郎は見習い同心に成り立ての身で、父親から廻り方の何たるかも教わらないまま今日に至っている。それなのに比べるほうがどうかしているのだと思うのだ。

「それでな。さっそくだがこれより八丁堀《はっちょうぼり》幸町《さいわいちょう》一丁目の番屋に行ってくれ。そこで左平次が昨夜首を吊ったほとけを検《あらた》めておるはずだ」

「しかし浅沼さま――」

「事が解決したらわしのところに報告しに来い。それまでは番所には通う必要もないからな」

「しかし――」

「ええい、さっさと取りかかれ」

浅沼の顔が険しくなったのを見るや、清四郎は慌てて一礼すると足早に座敷を出た。

もとは廻り方の同心とはいえ、町人の預かりとなるなど屈辱的であった。清四郎は暗澹《あんたん》たる思いを抱えたまま詰所に戻ると、長火鉢の傍に座る先輩の同心、駒野勝之助《こまのかつのすけ》がニヤニヤしながら興味津々の視線を投げかけてくる。

「清四郎、まあ座れ。今度は何をやらかしたんだ？　また人を違えてしょっ引いて来たのか？」齢は三十前後、まだ独り者で下駄のように角張った顔をしている、中背だががっしりとした体格の男だった。

清四郎は答える気にもならず、憮然《ぶぜん》とした顔で座った。

「また平松さまに気づかず、一礼もせぬまますれちがったのか？」

駒野はこれから町廻りに出るのだろう。立ち上がって大刀を腰に挿しながら言った。

「ちがいます」

清四郎は愚痴まじりに、今日から左平次預かりとなる命《めい》を受けたと話した。すると駒野は大層驚いた顔で清四郎を見つめた。

「どうしたんです？　左平次って、もちろん知っておられるんでしょう？」

「知ってるも何も、あれは神さまだ」

「神さま？　左平次がですか？」

「バカ、呼び捨てにしたらバチが当たるぞ」

「そんなに凄《すご》いんですか。同心を辞めて、何をなさっているんです？」

「それはまあ、いずれ分かるだろう」と、駒野は言葉を濁した。「お前、これから神さまに御目見得《おめみえ》するんだろう？」

「ええ。幸町の番屋で首を吊ったほとけを検めているそうです」

「ならさっさと行け。腕は凄いが一筋縄ではいかん性分だからな」と、駒野はそそくさと出て行った。

胸騒ぎがする。どうしてこんな目に遭うのかと思うと、清四郎は情けなくもあった。気がつけば詰所に残るのは清四郎だけとなっていた。そこは板戸に囲われた二十畳ほどもある広い座敷であり、長火鉢の他には文机が八つばかり並び、片隅には五つ六つ行燈《あんどん》が固めて置かれている。壁際の大きな書棚には手配書や日誌がぎっしりと詰まっていた。がらんとした詰所に独りでいると、何か殺伐とした気持ちにもなってくる。

清四郎はぼんやりと、長押《なげし》の上に掲げられた〝至誠〟と書かれた扁額《へんがく》を眺めていたが、にわかに空腹を覚えて腹が大きく鳴った。今朝は飯を茶碗に五杯も食ったというのに、もう減っている。気が滅入るとすぐに腹が減るのだ。早く神さまにご挨拶を済ませて、たらふく昼飯を食いに行こうと思い、清四郎は重い腰を上げた。

奉行所を出ると小者の仙太《せんた》を伴い数寄屋橋《すきやばし》を渡り、幸町に向かって歩き出した。これより比丘尼橋《びくにばし》の手前を折れて東に進んで八丁堀へと向かう。幸町は京橋川《きょうばしがわ》沿いを歩いて本八丁堀《ほんはっちょうぼり》四丁目の北側にあった。

数寄屋河岸と呼ばれる江戸城の外濠沿いの往来を行くと、左手には濠向こうに石垣がそびえ立ち、右手には西紺屋町《にしこんやちょう》の商家が軒を連ねていた。店にはひっきりなしに反物を背負った商人が出入りし、行李《こうり》を積んだ大八車が行き交っている。濠の水面に朝陽が照り返して眩《まぶし》かった。ちらっと振り向くと、遠く富士山が目に入る。

往来には弓師や乗り物屋といった、半纏《はんてん》を着た職人の男たちも道具を担いで走っていた。彼らの生き生きとした姿を見るたび、未熟な己の身に思いを馳《は》せるのだ。いつになれば俺は一人前になるのだろうかと。

「若旦那あ、これからどちらまで行かれるんです？」

浮かない表情でむっつり黙り込んだ清四郎に、痺れを切らしたように仙太が問うた。

仙太は父親の代から仕える男だった。齢は三十半ばで目も鼻も小さく、五尺ちょっとの小柄な男だが、誰よりも速く駆けた。

清四郎は手短に左平次預かりになったことを伝えた。

「ああ、その方の名でしたらあっしも知ってますぜ」

「知ってるのか？」思わず足を止めた。

「へい。大旦那さまから何度か名を聞きやした……確か凄腕とか」

「どこが凄腕だったんだ」

「確か〝落としの左平次〟と呼ばれてやした。どのようなしぶとい悪党でも、拷問は一切せず、驚くような手を使って必ず白状させて罪を認めさせたとか」

「そうか……」

清四郎はまた歩き出し、仙太がついて行く。仙太の話を聞いてよけいに浮かない表情になる。ただでさえ右も左もわからぬのに、こんな人間を神さまに預けてどうすると訴えたい気分だった。

風に乗って鰻《うなぎ》の香ばしい匂いが漂ってくる。鰻丼は清四郎の好物だった。生唾を飲むと昼飯は鰻丼の大盛りだと決め、足を速めた。

二

幸町の自身番の中は静まり返っていた。障子戸の前に立ったときから、清四郎は内部の不穏な空気を敏感に感じ取っていた。

「南町奉行所定町廻り同心である」と声をかけても、しんとして中からの返事がないのだ。

仕方なく清四郎は戸を開けて仙太とともに足を踏み入れた。そこに身なりのいい商人と思《おぼ》しき男が立っていて、眼前を凝視している。商人はちらっと清四郎を見て頭を下げると、視線を戻した。そこには戸板に寝かされた娘の亡骸《なきがら》をしゃがんで検める、男の姿があった。男は背中を向けたままで動かない。座敷に座る書役と番人も、息を詰めるようにして男のほうを見つめている。

（この男が左平次にちがいない）

清四郎は亡骸を検めている男に声をかけようとしたが、どうしても口が開かなかった。男がその身から厳粛な〝気〟を放っていたからだ。清四郎は気に呑《の》まれつつ、だんだんと腹立たしくなってきた。廻り方の同心が来たというのに一顧だにしないのだ。町人身分の男に何の遠慮があるものかと思い直し、声をかけようと、どうにか口を開いたのだが、

「おいお前」と、先に男の声がした。

誰を呼んでいるのかわからず、清四郎が黙っていると、男が振り向いた。

「お前だよ」

「は、はい」

清四郎は怯《ひる》んで声をあげた。男の顔は薄暗くてよく見えないが、鋭い二つの眼光に気圧《けお》されたのだった。

「灯りを持って来てくれ」男の声は低く、太く、釣り鐘の残響のようによく通った。

清四郎は座敷の番人を見た。

「おい、灯りを差し上げろ」

「バカ野郎。俺あおめえに言ってんだよ」

「え……」

番人が慌てて小行燈に火を入れ、清四郎のもとに持って来た。何で俺がこんなことを？ と混乱しながら行燈を受け取り、男のもとへと近づいた。

清四郎は亡骸の頭の傍に行燈を置くと、苦々しい気持ちで男を見た。男は何ごともなかったかのように亡骸を検めている。無精髭を伸ばし、月代《さかやき》にもまばらな髪が生えていた。太い眉に大きな目と耳が印象的だった。中肉中背で、齢は四十半ばだろうか。着物は茶色の縦縞に黒い角帯を神田《かんだ》結びにして、赤い裏地が袖口からチラリと覗いている。これが神さまかと清四郎は思った。

「どこ見てやがる。ほとけさんをよく見てみな」左平次は清四郎に目もやらないで言った。

清四郎はもやもやした心持ちのまま、亡骸の状態を視《み》ていく。首を吊った自害の亡骸なら、これまでに何度も先輩古参の同心に同行して検分したことがある。

ひと目で違和感を覚えた。首を吊ったにしては状態がきれいに感じられる。失禁した形跡もなく、口も開いていない。

清四郎は亡骸の顎を摑《つか》んで持ち上げ、首を吊るのに荒縄を使ったのであろう索溝《さっこう》を視た。それは首の後ろ、うなじのところまでも延びている。単純に首を吊っただけでは残ることのない痕だった。

「これは……」

清四郎が思わず左平次を見た時には、すでに彼は立ち上がっていた。

「番頭さんよ。最初にほとけを見つけたのは小僧だったよな」左平次は戸口に立つ商人体の男を見て言った。

「へえ、米吉《よねきち》と申します」

「そいつにここへ来るようにと伝えてくれねえか」

「かしこまりました」

番頭が緊張の面持ちで行こうとするのへ、

「おっと。おめえさんの名は？」

「亀平《かめへい》でございます」

「そうかい。亀平さんよ、米吉には一人でここに来させてくれ。店の者は誰もつけねえでな」

「承知しました。では早々に弔ってやりとうございますので、お里《さと》はもう引き取らせていただきます」

「いや、そいつあ俺がいいというまで待ってくれ」

「え……しかし」

「心配するな。そんなにかかりゃあしねえよ」

「ではお任せいたします」

亀平は明らかに戸惑いながらも一礼して出て行った。

「それからそこのお二人さんは帰っていいぜ。しばらくここには来ないでくれ」

左平次は書役と番人に声をかけた。

「で、しばらくと申されますと、どのくらいで？　五日六日ともなれば困るのですが」

左平次は声をあげて笑った。

「明後日中には片がつくだろうさ」

「さようでございますか。それでしたら結構でございます」

書役と番人は安堵《あんど》したように履き物を履いて出て行ってしまった。

二人を見送ると、左平次はいきなりお里の懐に手を突っ込み、何かを取り出した。

それは珊瑚《さんご》と金で鶴亀、松竹梅をあしらった、見るからに高価な簪《かんざし》だった。左平次は手拭いでその簪を包むと自分の懐に押し込んだ。清四郎が怪訝《けげん》な目で見ていると、

「盗むならもうとっくにやってるよ」と左平次は呆れたように言い、仙太に、

「おい仙太、だったよな」

「へ、へい」

「筵《むしろ》を持って来てほとけに掛けてやってくれ」

「へえ……で、筵はどこに」

「バカ野郎、どっかで探して持って来い」

「へい、只今」仙太は慌てて戸を開けて飛び出して行った。

左平次は座敷に上がって座ると、煙草盆《たばこぼん》を引き寄せ、帯につけた煙草入れから煙管《きせる》を抜き取った。

なぜ仙太の名を知っているのかと清四郎は思ったが、同じ廻り方だった亡父との付き合いがあったからだと気づいた。

左平次は煙管に火を点け、煙をゆったりと吐き出した。煙管の赤い火が清四郎の目を打った。煙の匂いが漂ってくる。左平次は宙に目をやり、何か思案しているようだった。

「あの、左平次どの、ですよね？」

清四郎が問うても左平次は答えもせず、見向きもしない。

「私は、南町奉行所定町廻り同心、佐々木清四郎です。此度《こたび》は上役の浅沼さまに命じられまして――」

「人が考えごとしてるときは話しかけるもんじゃあねえよ」

清四郎はカッとなった。

「し、しかしですね……」

「何だよ」

そこで初めて左平次は清四郎に目を向けた。吸い込まれそうな大きな眼に清四郎は怯んだ。

「言いたいことがあるならはっきり言えよ」

「……これは首吊りに見せかけた殺しだと思いますが、どうでしょう？」

「お前は阿呆か？」

「は？」

「その首の上についてるもんは何だよ」

「はあ」

「そいつあ飾りか？」

「……いえ、頭です」

「じゃあ使えよ。人に訊《き》かねえで考えろよ」

「な、何を考えろというんですか」

「そんなこたあ知らねえよ。俺はおめえじゃあねえんだ。わかるかよ。じゃあおめえは俺が今考えていることがわかるっていうのかよ」

何て酷い人だと清四郎は思った。だがここで負けてはなるまい、相手は町人ではないかと奮い立った。

「私なりに考えて、これは殺しにちがいないと言ってるんです。これでも考えているんです。神さまなのにそんなこともわからないんですか？」

声が慄《ふる》えているのが自分でもわかる。左平次はふんとひとつ鼻で笑って煙管を拳に当てて叩き、灰吹に灰を落とした。耐え難い沈黙の間が訪れる。ところが思いがけず、清四郎の腹が大きく鳴った。

そこへ戸をガラッと開けて筵を抱えた仙太が飛び込んで来た。

「お待たせしやした」と言って、仙太は亡骸の傍に寄ると、手を合わせてから筵をそっと掛けた。

「清四郎よ」

左平次から不意に呼びかけられ、清四郎はうろたえる。

「お前、ほとけに手を合わせるのは廻り方以前に、人としての道理じゃあねえのか」

清四郎はあっとなった。亡骸を前にしたときは必ず手を合わせるというのは、廻り方見習いになった当初、浅沼からきつく言われていたことだ。それを左平次に気を取られてすっかり忘れていたのだった。

清四郎は恥ずかしさのあまり俯《うつむ》いた。

「恥ずかしいってこたあ、まだ立て直しがきくってこった。いいか、廻り方というのはどんなときでも平らでいなきゃあいけねえ」

「平ら……？」

「いつも気持ちを同じにしてろってことだ。いちいち上げたり下げたりしねえでな。そうすりゃあほとけに手を合わせることだって忘れやしねえ。いちいち怒ったり嘆いたりするのはしくじりのもとだ。平らでいろ。てめえの気持ちを抑えられねえような奴にこの仕事はできねえよ」

清四郎は顔を上げた。悪い癖でまた言い返したくなったのだ。

「しかし――」

「そのしかしをやめろ。二度と言うな。もう一度言ってみろ。その腕をへし折ってやるから覚悟しろ」

「構いません。どうぞ折ってください。骨接ぎに行けばいいんですから」

左平次は一瞬目を剝いたが、すぐに無表情になった。

「じゃあ平松さまにこう言ってやる。佐々木清四郎は使いものにならんとな。廻り方を外して番所の雑用でもやらせろってよ」

「廻り方を外されるくらいなら腹を切ります」

自身番内に響き渡るほどの大声で言った。仙太はおろおろしながら二人を交互に見ている。

清四郎にも意地があった。父親を亡くしたとき、固く心に誓ったことがあった。今に必ず南北両奉行所を合わせても随一と呼ばれる廻り方になるのだと。それが志《こころざし》半ばで散った父親への最高の供養だと考えたのだった。だがその念《おも》いも一年、二年と経つにつれ、空回りばかりして冴《さ》えない自分の仕事ぶりに薄れていき、いつしかすっかり忘れてしまっていた。左平次によって、その念いが呼び覚まされたというしかなかった。

左平次は清四郎を見つめていたが、ふっと笑った。

「だったら、しかしをやめな」

その声音は柔らかく、温かに感じられ、清四郎の緊張が解けて虚脱した。

左平次は仙太に目を向けた。

「仙太よ。その脚を見込んで、ひとつ頼みがあるんだがな」

「へい、何なりと」

「ひとっ走りして裏茅場町《うらかやばちよう》にある〝みくら〟っていう飯屋に行ってくれねえか。そこでな、鰻丼を三つ頼んでここに持って来てくれ。つけがきく店だから俺の名を出せば銭はいらねえ」

「合点だ」

「ああ、そのうちの一つは大盛りでな」

「へい！」と言うなり喜色満面で飛び出して行った。

清四郎は信じられない表情で左平次を見た。左平次は素知らぬ顔で煙管を煙草入れにしまっている。

（ひょっとして、俺のことをすべてお見通しなのではないか……）

背筋が寒くなった。

左平次は大きな欠伸《あくび》をひとつすると、清四郎に背を向けて横になった。

清四郎はたたきに立ったまま、左平次の背中を見つめていたが、我に返り亡骸に手を合わせた。微かに亡骸から漂ういい匂いを嗅いだが、何の香りかはわからない。意識は左平次に向いていた。二人きりで自身番にいると息が詰まりそうで、清四郎は表に出たのだった。

三

仙太が帰って来るのを待つ間、清四郎はぼんやりと往来を眺めていた。

「すすきーやすすきー、すすきすすきー」

棒手《ぼて》振りのすすき売りが近づいて来る。籠に堆《うずたか》く積み上げたすすきが揺れていた。ついこの間まで夏だったのに、もう月見の時分なのかと清四郎は思った。廻り方を始めてからは季節を感じる余裕などまったくなかった。

自身番の隣には木戸口があり、その向こうには番小屋が見える。番太がすすき売りを呼び止め、軽口を交わしながら買っていた。

清四郎はそのやりとりを眺めつつ、事件のことを思うでもなく、そもそも自分が廻り方に向いていないのではと考えていた。左平次のような切れ者がなるべきであって、自分のような短慮な者がなるべきではないのではないかと。それを左平次はすでに見抜いているにちがいない。だが今さら生まれ変わって、すすき売りや番太になれるわけでもないのだ。やれるだけのことをやって、だめなら奉行所の雑用でもやろうと肚《はら》を括《くく》った。

そのうち仙太が風呂敷包みを提げ、素早い足運びで帰って来た。

「おう、早かったな」

「それが、あっしが店に行きますとね。ちょうど鰻丼ができたところでしてね。まるであっしが来るのをわかってたようでしたよ」

清四郎は仙太と自身番の中へと入って行った。

三人が座敷で鰻丼を食べ始めると、たちまち自身番の中は焼いた鰻の香ばしい匂いに満たされた。蒸し加減が最高で、その美味しさに清四郎は驚いた。タレはあっさりしているのに深いコクがあって、これほど美味い鰻を食べるのは初めてだった。亡骸を目の前にしてものを食うことには抵抗があったが、この美味さには勝てなかった。

「ほとけは幸町の紅白粉《べにおしろい》問屋〝白石屋《しろいし》〟の女中、お里だ」

左平次は驚くほどの早さで食べ終わると、襟に挿した自前の楊枝《ようじ》で歯を掃除しながら事のあらましを話し始めた。

「齢は十六。流行病《はやりやまい》でふた親を亡くして身寄りはいねえ。白石屋に奉公に出て五年になる。白石屋は使用人を五十人ほど抱えるちょっとした大店《おおだな》だ。さっきここに居たのは番頭の亀平でな。お里は店の庭の植木の枝に荒縄を引っ掛けて首を吊って死んでいるところを、明け方時分に小僧の米吉が見つけた」単調な独り言のような調子だった。

「左平次どのにはどうやって知らせが入ったのです？」

左平次はジロリと清四郎を見た。とたんに萎縮して箸が止まる。

「武士というものはな。飯を食いながらみだりに話すものではないぞ。それから左平次どのと呼ぶのはやめろ。さん付けでいい」

いちいちうるさい人だと、不満顔になりそうになるのを清四郎はどうにか堪えた。

「俺には番所から使いが来た。尤も俺は浅沼さんからの申し出を引き受けたわけではなかったがな。まあ一度くらいは助けてやろうとここに顔を出したわけだ」

鰻丼には気の利いたことに、急須に入れた茶までついていた。食べ終わった仙太が湯呑みに茶を注ぎながら、

「しかし不憫《ふびん》でございますねえ。身寄りがない上に首を吊るなんざあ。よほどつらい目に遭ったんでしょうなあ……」などと言っている。

「仙太、これは自害ではない。殺しだ」飯を飲み込んで清四郎は言った。

「えっ、ほんとですかい」

仙太は清四郎に湯呑みを渡し、左平次の前にも湯呑みを置いた。清四郎はぬるい茶で喉に詰まりそうな飯を流し込む。

左平次は微笑み、湯呑みを取って茶を啜った。

「思い込みの激しい奴ほどバカってこたあ確かだよな。思い込んだとたんにそれに合わせて事実をねじ曲げたりするからな」

清四郎はムッとしたが、左平次の言い分は的を射ていると感じて言い返せない。

「そろそろ小僧が来る頃だ。仙太よ、すまねえが空いた器をみくらに返すついでに白石屋の界隈《かいわい》をまわってな、昨夜に何かおかしなことがなかったか聞き込んでくれねえか」

「へい合点だ」

仙太を勝手に使う左平次を不満に思いながらも、清四郎は仙太を羨んでいた。心のどこかで左平次が自分にも何か指示をくれないかと期待している。だが「何をすればいいのですか？」などとは口が裂けても訊けなかった。

左平次は空になった湯呑みを弄《もてあそ》びながら何か考えている。

（こんな奴の言うことをおとなしくして聞いてられるか、俺は俺だ。これでも廻り方の同心だ。好きにしてやるさ）

などと思っていると――

「清四郎、てめえ勝手な真似をしやがると承知しねえからな」

左平次の声に胸を衝《つ》かれた。思わず左平次を見たが、左平次は清四郎を見もしないで湯呑みを手の中で転がしている。完全に己の心を読まれていた。

小僧の米吉が一人で自身番に入って来たときから、清四郎はどことなく違和感を覚えていた。どこがどうとは具体的に言えないが、十一、二歳だろうというのに、米吉の物腰にやけに落ち着いた大人を感じたのだった。尋問は左平次と米吉が向き合い、清四郎は左平次より少し後ろに下がって座るという位置どりとなった。

「では米吉よ、もう一度尋ねるが、お前は明け六つの鐘が鳴る少し前に、小便がしたくなって起きた。そして庭の隅にある厠《かわや》へ行こうとして、松の木にぶら下がっているお里を見つけたんだな」

「はい。さようでございます」

米吉は正座をしてきちんと両手を膝の上に置いたまま、物怖じしないではっきり答えた。その目は真っ直ぐに左平次を見据えている。だが奥の間のほうを気にしてちらちらと見ているのがわかる。奥の間には咎人《とがにん》を大番屋へ送るまでの間、留め置くために手鎖や足鎖、暴れた際に対処するための刺又《さすまた》、突棒《つくぼう》、袖搦《そでがらみ》などの捕物具が物々しく置かれていた。米吉が来る少し前、左平次が板戸を開け、それらをわざわざ見えるようにしたのだった。

「それから女中頭のお勝《かつ》のもとに、知らせに走った」

「はい。番頭さんも手代の太助《たすけ》さんも通いなので、まだ勤めには出ておられないと思いまして、お勝さんにお知らせにあがりました」

「そうかい。それからどうした？」

「お勝さんはたいそう驚かれましたが、他の女中さんたちの手を借りてお里さんを下ろして寝かせました」

「娘とはいえ、女ばかりで下ろすのはひと苦労だったろう？」

「はい。梯子《はしご》を木にかけまして、何とか下ろした次第です」

「店の主人には知らせなかったのか？」

「大旦那さまは病で始終床に臥《ふ》せておられますし、若旦那さまは……」

米吉はそこで初めて言い淀んだ。

「若旦那がどうしたい」

「いつものことですが、夜遅く帰って来られますので、起こしても起きられません。と申しますか、起こすと機嫌を損ない誰かれ構わず打擲《ちょうちゃく》なさいますので誰も起こさないのです」

「ふーん。で、番頭が先に来たのか、太助が先に来たのかどっちだ」

「太助さんでした」

「そのときの様子はどうだった」

「それが……」

「取り乱して泣き喚いたとか？　お里に取り縋《すが》ってよ」

左平次が言うと、驚きの目で米吉は見た。清四郎も驚いた。まるで左平次はその場にいたかのような口ぶりだった。

「その通りでございます」

「つまり、太助とお里は夫婦約束でもしてたのかい」

「そこまでは存じ上げませんが……太助さんがお里さんを好いておられるのはわかっておりました」

「そうかい。そして番頭が来て、番所に届け出たというわけだな」

「はい。私に行くようにと言われまして、月番の南町奉行所まで走りました」

「ところで、おめえ、お里がなぜ首を吊ったか、心当たりはねえかい？」

「さあ……」と言ったが、米吉は何か隠しているように清四郎には見えた。

「何だ、何かあるなら言ってみろ」清四郎がつい口にした。勝手に口出しをするなと左平次から言われるのではないかと思ったが、左平次は黙って米吉を見ている。

「それが……夜中に物音で目が覚めまして……」

「物音だけか？」

「女の人の……声とか」

「何て言ってたんだ。それとも叫び声か？」

「よくわかりません。大きな声だったような気もしますけど、夢かもしれないと思って」

清四郎は自分の見立てが間違いないと確信し、それ以上は何も問わず、左平次の言葉を待った。だが左平次は黙って米吉をじっと見つめているだけであり、米吉はその視線に戸惑い、耐え難いといったふうに目を伏せた。わけのわからない沈黙の間に、清四郎は焦れた。

やがて左平次がようやく口を開いた。

「よし、ありがとうよ。もう帰っていいぜ。ああそうだ。店に帰ったらな、お勝にここへ来るように伝えてくれるかい」

「わかりました」

米吉は安堵の表情を浮かべ、両手をついて丁寧に頭を下げると、たたきの下駄を履いて出て行こうとした。

「米吉よ」左平次が声をかけた。

米吉は不意をつかれたみたいに振り返り、怯えた顔で左平次を見た。

「おめえ、お里のことはどう思ってた？」

「どうって……とても親切で、いい人だと思います」

「そうかい。飴玉《あめだま》の一つもくれたかい」

「飴玉じゃなくて、よくお饅頭《まんじゅう》をいただきました」

「そいつあ豪勢だな。そんなに世話になったんなら手を合わせてやりなよ」

そのとき初めて米吉は筵を被せられたお里の亡骸に気づいたように凝視した後、しゃがんで手を合わせた。そしてこみ上げる涙を袖で拭いて出て行ったのだった。

「やっぱり殺しだと思いませんか？」

清四郎の問いかけに左平次はまったく反応せず、無視して煙管を取り出した。その態度に清四郎は苛ついた。

「左平次さん、私は浅沼さまより修業のためにと言われて、あなたにこうして付き従っておるのです。それが、私の問いかけに何ひとつまともに答えていただけない、ご指導いただけないでは修業も何もあったものではありません」

「うるせえ！」

左平次の怒号が響き渡った。清四郎は思わず背筋を伸ばし、目を剝いたが、ここで負けてはならぬと思った。

「う、うるさいとはなんですか。そりゃあ私はまだ未熟者で思慮も足りない愚か者かもしれません。だからこそ教えを請うておるのではありませんか。いい齢をして、こんな若輩者をいたぶって、そんなに私が嫌なら、使い物にならないなら、さっさとお役御免にすればいいんです」清四郎は一気にまくし立てた。

左平次は煙管に莨《たばこ》を詰めながら、

「嫌なら辞めろよ。人間、嫌なことをやらされるほどつまらねえことはないからな」

と、淡々として言う。

「では、辞めさせていただきます！」と、売り言葉に買い言葉で言ってしまい、清四郎は大刀を取ると腰を上げかかった。

「だがな、これしきのことで辞める奴が廻り方なんぞとても務まらねえや。廻り方どころかどこ行ったって半端な仕事しかできねえ。草葉の陰で親父さんが泣いてるぜ」

清四郎はキッと左平次を睨みつけた。

「父がどうしたというんです。あなたに私の父の、何がわかっているというんです」

「バカだなあ、お前は……」

左平次は煙管に火を点けると横になって吸い始めた。もうこれ以上は耐えられないと思い、清四郎は立ち上がって腰に大刀を挿し、たたきに下りた。

「それでほとけに申し訳が立つのかよ」

ほとけという言葉に清四郎は思わず動きを止めた。

「いったいどこ見て仕事をしてやがるんだ。お里の無念を晴らすのがおめえの仕事だろうが。俺のほうばかり見てんじゃあねえよ」

清四郎はあっと思った。左平次の言う通りだった。そう言えば父親も同じようなことを生前によく言っていたと思い出した。

「いいか清四郎。上役の顔色ばかり見て仕事をするなよ。今一番難儀している者は誰か、無念なのは誰かということを肝に銘じろ」と言っていたのだ。

恥ずかしさがこみ上げ、清四郎は上がり框《がまち》に腰を下ろしたまま動けなくなった。薄闇に煙草の煙が漂っている。

「殺しかどうかなんざあ、咎人を捕まえるまでは軽々しく口にするもんじゃあねえぜ。人間は間違えるのが当たり前だと思っておけ」左平次の声を背中で聞いた。

短気な性格を直せと言われているような気がした。清四郎は黙って座敷に上がると大刀を抜き、もとの場所に座ってお勝が来るのを待ったのだった。

四

「本当にいい子で、店の誰からも好かれておりましたよ。よく働きますし、愛想もよくて、器量もようございましたからね」

握り締めた手巾でしきりに涙を拭きながらお勝は言った。女中頭とはいえ、見たところまだ二十代半ばの女だった。色白だがよく太り、顎が二重になっている。正座もつらいのか長くしていられず足を崩した。自身番に入って来たとき、涙ながらに真っ先にお里の亡骸に手を合わせたが、奥の間の捕物具には一瞥もくれなかった。

「その上賢いものですから、大旦那さまに目をかけられ、たいそう可愛がられて、朝から晩までつきっきりで看病をしておりました」

「看病って、大旦那のかい？」

「はい。大旦那さまは五十半ばになられますが、五年前に病に倒れて寝たきりとなりまして、今も臥せておいでです」

「御新造《ごしんぞ》は？」

「早くに亡くされました」

「子はあるんだろう?」

「はあ、お一人ございます。若旦那として働いておいでです」

お勝は始終落ち着かない素振りで体や手を動かしている。

「お里を見つけたときの話はだいたい米吉から聞いたんだがな、おめえさんが木に梯子を掛けて首を吊ってるお里を下ろしたんだってな」

左平次は米吉のときよりもお勝をじっくりと観察して言う。清四郎もお勝の言葉や挙動の一つ一つを見逃すまいと目を光らせていた。

「さようでございます。他の女中たちの手を借りて下ろして、寝かせました」

「それから太助が来て取り乱して亡骸に縋りついたんだな」

「はい……太助さんとお里は夫婦になる約束をしておりましたので。かわいそうに……」

「お里が首を吊る心当たりはどうだ。何か気になることでもなかったか?」

「実は、若旦那さまが、日頃よりお里を我がものにしようとなさっておいででして……酔ってお戻りになられては何度かお里の寝間へ……」

「しかし、他の女中もいるだろう」

「ですのでご自分の部屋へと連れ出そうとなさるのですが、そのたびにお里は逃げておりました」

「そうか……」

「米吉の話は聞いたか？ 夜中に何か物音がしたとかいう」清四郎が訊いた。

「聞きました。きっと酔って帰られた若旦那さまがお里を無理矢理……お里はそれを苦にして首を吊ったにちがいありません」お勝は怒りに満ちた涙目で訴えた。

「お里の寝間には他の女中もいるんだろう？ 騒ぎに気づかなかったのか？」

「ええ……たぶんお里が厠にでも行こうと部屋を出たところを襲われたのでしょう」

と、お勝が言ったそのとき、戸が突然開いて飛び込んできた男があった。

清四郎は反射的に大刀を取って身構えた。

が、男は真っ先にお里の亡骸に取り縋った。

「お里……お里……」

「太助さん――」お勝が驚いて声をあげた。

太助と呼ばれた男は筵をめくり、お里の顔を見て涙にくれている。

「こいつあ呼ぶ手間が省けたな」左平次が、太助を待っていたかのように言う。

太助が非難の目を左平次と清四郎に向けた。

「いつまでこんなところに寝かせておくんですか。早く弔ってやらないと、お里がかわいそうじゃありませんか」

「すまねえな。もうちょっと待ってくれねえか。ていうか、お前さんの話も聞かせて欲しいんだがな」

そう言って左平次はお勝を見た。

「お勝さんよ。帰っていいぜ」

「もうよろしいんですか？」

「ああ。手間あ取らせたな。仕事に戻ってくれ」

お勝は一礼して、自身番を出て行ったが、出て行く前、太助とお勝が一瞬目を合わせるのを清四郎は見逃さなかった。この二人には何かある、と感じた。

「お前さんはお里と夫婦約束していたってな」

太助が前に座るなり、左平次は言った。

「はい……この暮れには所帯を持つつもりでした」

太助はうなだれたままで言う。泣き腫らした目は赤く、その声に力がなかった。

「さぞ力を落としただろう。こんなときにすまねえな」

「いえ……」

「お里はどうして首を吊ったんだい？　夫婦約束までしているとなれば、ある程度のことはわかるんじゃあねえか」

「はあ……お勝から聞かれたかもしれませんが、お里は若旦那さまとのことではずいぶん悩んでおりました」

「じゃあやっぱり、昨夜若旦那に手籠めにされて首を吊ったというのかい」

「はい……そうとしか考えられませんが――」

「殺されたとは思わぬか」横から清四郎が訊いた。

太助は思わず清四郎を見た。

「殺された……お役人さまはそうお思いなのですか？」

「太助さんよ、もう帰っていいぜ」左平次が遮って言う。

「え、でも」

「終わったんだ。今日は疲れてるだろうし、帰ってゆっくり寝な。それからな、ほとけさんはもう弔ってやっていいんでな。桶を持って来て入れてやれ」

「わかりました」

まだ何か言いたそうにしながら、太助は一礼して出て行った。

左平次は明らかに不機嫌な顔つきをしている。「殺されたとは思わぬか」という問いが気に食わなかったのだろう。清四郎はまた叱られるなと覚悟した。

だが左平次は黙って宙を睨んで考えているだけである。清四郎も何か言えば言い返されるだけだと思って沈黙を守った。

テンテンツッテンツッテレテケテン。

侘《わび》しく、か細い三味線の音が聴こえてくる。新内《しんない》流しだった。まだ宵の口とあって、三味線ひきが手慰みに爪弾きながら花街に向かっているのだろう。

遠ざかる三味線の音を聴きながら、清四郎は物悲しいような気持ちになる。

(誰が好き好んで左平次預かりになどなるものか)

互いの顔も見えづらいほど、自身番の中は暗くなってきた。

やがて暮れ六つの鐘が聞こえる。それを聞いて清四郎の腹が大きく鳴った。左平次が清四郎を見返り、ジロリと睨む。

「今日は店じまいだ。帰ってお母ちゃんのおっぱいでも吸って寝るんだな」

「……そういうの、やめてもらえませんか」

「そういうのって何だい」

「私がまだ青いからといって、バカにするのはやめてくださいって言ってるんです」

「バカになんかしてないさ。おめえ、俺の言ってることが全然わかってねえようだな。何を言われようが平気な顔してろっていうんだよ。てめえのことが可愛いからいちいち腹を立てなきゃあなんねえんだ」

清四郎は言い返すことができなかった。かと言ってすぐに帰る気にもなれない。左平次の背中を見たままで動かなかった。

「お待たせしやした！」

戸が開いて仙太が飛び込んで来た。走り回っていたのであろう、首筋から胸にかけて汗が流れている。

「おう仙太、どうだったい」

「へい。白石屋の近所の普請場で聞いたんですが、普請をしてる大工の中に、事件のあった明け方近くに白石屋の裏を通りかかったっていう奴がいたんですよ。何だか店の庭のほうから物音と人の声がするんで塀の節穴から覗いたっていうじゃあねえですか」

「何か見たんだな」

「それが……酔っ払ってて憶えていねえっていうんですよ」

「むむ……」清四郎は唸るしかなかった。

「それから……こいつあどうでもいい話かもしれませんが……」

「何だ、言ってみな」左平次が目を細めて言う。

「白石屋は主人の善右衛門《ぜんえもん》が縁者の助けもなく、無一文の小間物の行商から始めて、一代であそこまでの店にしたというんで、使用人たちからは神さまと崇《あが》められています。ところが息子の正太郎《しょうたろう》は吉原《よしわら》に入れあげてどうしようもねえボンクラだそうで。神さまがいつ勘当するかっていう矢先に、病で倒れて寝たきりになったそうなんでさあ。それ以来、店の身代は傾く一方だそうで……」

「それが事件と何の関わりがあるんだ？」清四郎が訊いた。

「ふん、世の中にどうでもいい話なんざあ一つもねえんだよ」と、左平次が吐き捨てる。

「ではどのような関わりがあるというんです？」

「知らねえよ。てめえの頭で考えろって。いちいち人に訊くんじゃあねえよ。さて、今日はこれでお開きだ。仙太、ご苦労だったな」と言って懐から小粒を出すと、仙太に向かって放り投げた。仙太は慌てて受け取り、戸惑ったように清四郎の顔色をうかがう。

「もらっときゃあいいいさ」

「では遠慮なく」仙太は嬉しそうに小粒を懐にしまう。

そうは言ったが、清四郎は内心穏やかではなかった。なにぶん見習い同然の身である。他の廻り方同心のように多額の付届けがあるわけではなかった。禄だけでやりくりしているせいで、仙太にも満足に小遣いをやれない状態が続いている。

「それでな。すまねえが後で白石屋の店の者がほとけを引き取りに来るから、それまでここで番をしといて欲しいんだ」左平次はたたきに下りながら仙太に言った。

「へい。承知しやした」

「じゃあまた明日な」と言って左平次は清四郎を見向きもせずに出て行った。

「左平次さんはみくらに行くんですぜ。毎晩来てるって、鰻井頼みに行ったときに聞いたんでさあ。腕のいい料理人と美人の女将がいれば飛んで行きたいでしょうよ」

「ということは独り者なのか、左平次さんは」

「そのようですぜ」仙太が上がり框に座ると、お里の亡骸に目をやった。

「あっしも娘がいますからねえ……もし殺しだったら許せねえな」

独り言のような仙太の言葉が、思いがけず清四郎の胸に応《こた》えた。

「そうだよな……もし娘の親なら草の根分けても探し出して、手にかけるかもしれないよな」

「それが親心ってもんでさあ……。あのね若旦那、ああ見えて左平次さんもきっと親心で若旦那にきついことおっしゃってるんですよ」

「親心……」

そんなことは思いもよらなかったし、信じられなかった。

「あっしが大旦那さまにお仕えし始めた若い時分ですがね。やっぱり最初は厳しくしつけられましたよ。でね、あっしが凹《へこ》んでるとこうおっしゃるんですよ。『仙太、火の熱さから逃れるためには火の中に飛び込むしかないぞ』って……そのときは何を言われたのかさっぱりわからなかったですがね。年を食ってきますとだんだんわかるようになりやあしたよ……」

仙太の口振りはいつになく沁み沁みとしている。左平次と父親を重ねて思いを馳せているのだろう。清四郎も同じ気持ちになっていた。二人の関係がどうだったのか、知りたくもあった。

「俺は逃げやしないさ」と清四郎は独り言みたいに言う。

清四郎の気持ちはすでに固まっていた。大刀を取ると腰に挿すのももどかしく、肌寒い風の吹く夕闇の中へと出たのだった。

五

居酒屋みくらは南茅場町《みなみかやばちよう》の路地裏にひっそりと建っていた。幸町の自身番を出ると亀島川《かめじまがわ》沿いの往来を北に進み、清四郎が住む同心の組屋敷に近い場所にあった。

南茅場町というのは、日本橋川《にほんばしがわ》沿いの表茅場町《おもてかやばちよう》ではなく、南側の裏茅場町にある店だった。この近くには山王《さんのう》権現御旅所があり、隔年で六月十五日には祭りが行われたが、清四郎は幼い頃、父親に手を引かれて幾度か訪れたことがある。夥《おびただ》しい人たちでごった返し、仰ぎ見るほどの大きな山車《だし》がいくつも引き出された。山車の上には伝説上の人物や動物、月や太陽など、趣向を凝らした立派な造り物が据えられて、清四郎はいつまでも飽きずに眺めていたものだった。

みくらには暖簾《のれん》はかかっておらず、屋号も飯屋とも何も書いていない、大きな唐紅の軒提灯《のきぢようちん》だけがぶら下がっている店だった。堀沿いに建ち、水面が月明かりを照り返している。

店の中は鰻の寝床のようなつくりで、右手には客の座る板間が延びており、土間を挟んだ左手には調理場、一番奥には坪庭があった。二十人ほど入れる店で、料理人の蔵三《くらぞう》と女将のお香《こう》、小女のお花《はな》の三人が切り盛りしていた。

店の中は人足や職人、商人らの客でごった返し、その間をお花がネズミのように素早く身を翻《ひるがえ》し、愛想を振り撒《ま》きながら働いている。

清四郎の目の前には左平次がいた。坪庭に面した一番端の席に陣取っている。板間の行燈のもとで膳を置き、片口の酒を蕎麦猪口《そばちょこ》に注いで飲み、豆腐を突《つつ》いていた。清四郎もまた膳を前にして豆腐を突いて独酌して飲んでいる。

この豆腐がバカに美味かった。たっぷり一丁分あるが、だし醤油にわさびを混ぜてかけ、その上から細かく刻んだ秋ミョウガと青紫蘇の葉を混ぜ合わせた薬味と鰹節がどっさりと載せてある。完璧な酒の肴だった。

清四郎は、酒は飲めるがふだんは飲まない。どちらかといえば飯を食らうことに情熱を燃やしているが、この豆腐であればいくらでも酒が飲めそうだった。

左平次は清四郎が眼前にいることなど歯牙にも掛けないで黙々と飲み、もう半刻ほどかけて豆腐を食べている。こうして左平次の前で飲んでいて邪魔にされないだけでも何となく楽しい気分になる。ゆっくりと晩酌を楽しみたいであろう左平次を、ささやかでもこうして妨げていることが愉快なのだ。

「まあまあ、こんなむさ苦しいところに若いお役人さまにお越しいただいて申し訳ございませんねえ」

言いながら板間に上がって来たのはお香だった。着物は紫地に飛蝶の小紋ちりめんで、それが真っ白い肌によく似合っている。細面に切れ長の目が涼しく、口もとには絶えず笑みを含んでいた。

「年寄りで悪かったな」

左平次の言葉に清四郎は驚いた。この男が戯れ言を言うなど夢にも思わなかったからだ。

「これはお初にお目にかかったお印ということで」と、お香は卯の花の入った小鉢を清四郎の前に置いた。

匂い立つようなお香のうなじに、清四郎は色香とはこういうものかと胸が弾んだ。

「お気遣い、かたじけない」清四郎は礼を言った。

「左平次の旦那は口が悪いから大変でしょう」お香は清四郎の猪口に酒を注ぎながら話しかけてきた。

「ええ、あ、いや……私が至らぬだけなので」

「ふん、そんなこたあ爪の先ほども思っちゃあいねえだろう」

左平次の声音はたいそう柔らかだった。

「どうぞごゆっくり」

ふふっと笑ってお香は板間を下りて行った。

清四郎は気まずさを誤魔化すように卯の花を食べた。牛蒡《ごぼう》と油揚げの香りがたち、人参とコンニャクの歯応えと絶妙な出汁の味が相まって、何ともいえない美味さを引き出している。

「美味い……」

唸るように清四郎が言うと、左平次がジロリと見た。

「お前でも料理の味はわかるんだな」と真面目に言った。

「それくらいしか取り柄がありませんけどね」

「人間ひとつでも取り柄がありゃあいいのさ」

そう言って左平次は猪口の酒を干す。褒められたようで気分がよくなり、清四郎は左平次に酒を注ごうとしたが、左平次は手で制した。

「飲みたいときゃあ自分で注ぐさ。おめえだって人に左右されたかあねえだろう」

自身番の中とはちがい、左平次の顔つきが穏やかになっている。

「あの、左平次さんは、私のことを女将さんに喋ったんですか？」

「……喋らねえよ」

「じゃあ何だって」

左平次はふっと笑った。

「仙太が鰻丼を買いに来たとき、ベラベラ喋ったんだろうよ」

「なるほど」

「清四郎よ……てめえの頭を使うんだぜ。人さまの頭で動いちゃあいけねえ」

清四郎は喜びを覚えた。自分のためを思って言ってくれているのだ。あれだけきついことを言われていただけに、その反動が大きかった。緊張が解け、どんどん酒が進み、酔いも手伝って良い気分になってきた。

ところが清四郎が、

「明日は番頭の亀平と若旦那の正太郎から話を聞くんですよね」と言ったとき、左平次の手が止まった。「わかってますよ。殺しだとは決めつけていませんから」

「……てめえ、それ以上事件のことを口にしやがるとタダじゃあおかねえからな」

それは自身番の中と同じ殺気だった口調であり、本気だったが、酔いが回ってきた清四郎には通じなかった。

「なぜだめなんです？ 大事な話ではありませんか」

「大事だから軽々しく口にするなっていうんだ」

「いいじゃないですか。こんなとこで誰も盗み聞きしたりしやしませんよ」

「ちょっと来い」

左平次は矢庭に立ち上がり、清四郎の腕を取るとそのまま土間を歩いて表へと出た。清四郎は抗《あらが》おうとしたが、酔っ払っている上に左平次の尋常でない力には勝てず、連れて行かれるしかなかった。

提灯の灯りから外れて暗がりに行くと、左平次はいきなり清四郎を殴り飛ばした。清四郎は痛みを感じる間もなく、地面に転がった。何をするんだと立ち上がろうとしたが、腰砕けになったように立ち上がれない。その目に満天の星が映った。そしてきれいだなと見惚れるうち、心地よい睡魔に襲われ、意識を失っていたのだった。

人の話し声で清四郎は目が覚めた。そこは暗闇に包まれていた。頭が痛む。吐き気もする。ここがどこなのか、何があったのか、思い起こすのに時を要した。ようやくそれがわかったのは、話しているのが母親の妙《たえ》と左平次だと理解してからだった。

ここは自分の寝間で、おそらく酔っ払ってぶっ倒れ、運ばれて来たにちがいない。体の節々が痛かった。清四郎は這《は》うように襖へと近寄り、隣の座敷で話す声を聞いた。

「本当に、あの頃は楽しゅうございました」

いつにない妙の弾んだ明るい声がする。ふだんは口を開けば小言ばかりでうるさい母親だった。

「誠に。清左衛門とはよく飲み申した」

「そうでございますねえ……あのひとはお酒に弱いくせに左平次さんには負けまいと飲んで、そのたびに今日みたいに背負って送っていただいて……」

「手柄を競い合って、決着がつけば、勝っても負けても大いに飲みましたな。御新造にはご迷惑をおかけいたした」

聞きながら清四郎の背中を冷や汗が伝う。みくらからここまで、左平次は自分を背負ってきてくれたのだ。

「いいえ……あの頃は小言の一つも申し上げましたが、今となっては懐かしいばかりでございます」妙の声が湿っている。

二人は口を噤《つぐ》み、沈黙が続いた。同僚だとはわかっていたが、まさか左平次と父親がここまで昵懇《じっこん》の仲だとは、清四郎は夢にも思わなかった。

「では私はこれで」

「お茶も出しませんで失礼いたしました」

「いいえ、清四郎は明日も酒が残っているでしょうから、ゆっくり寝かせてやってください」

「とんでもございません。叩き起こしてやります」

二人の笑い声が遠ざかっていった。

清四郎はまた寝床に横になった。左平次に背負われて帰ったことを反芻《はんすう》し、赤面した。今になって左平次に殴られた顎がひどく痛む。彼はやり切れない思いで蒲団《ふとん》の中に潜り込んだ。

六

翌朝起きると、すでに朝餉《あさげ》の膳が座敷に置かれ、その前に妙、脇には長年佐々木家に仕える女中のお竹《たけ》が控えていた。二人とも能面のように無表情である。座敷の障子は開け放たれ、松や椿などが植わった庭が見えて暖かな陽射しを受けていた。数羽の雀が遊ぶ声が聞こえていたが、清四郎の気持ちは晴れなかった。

「お酒を召し上がらないようにとは申しませぬ。しかし、武士たるものお酒に飲まれて醜態を晒すとは言語道断。あってはならぬことでございます」お竹が毅然《きぜん》として言う。

「しかし、父上にもそのような醜態があったと聞き及んでいるがな」

お竹は目を見開いた。

「自らの至らなさを棚に上げて、こともあろうに御父上をあげつらうとは何たること。ああ嘆かわしや」

そう言ってお竹は顔を伏せ、さめざめと泣くのであった。そしてこれもいつものことなのだが、妙に向かって両手をつき、

「若がいつまで経っても一人前の仕事もできず、このように情けないご気性になられましたのも、この竹のしつけが至らなかったゆえにございます。御新造さま、長年にわたるご奉公でございましたが、本日限りを持ちまして、お暇をいただきとう存じます」

「何を申します。そなたあっての佐々木家ではありませんか。それは断じてなりません」

「ありがたきお言葉……もったいのうございます」

「これ清四郎、お竹にお謝りなさい」

「お竹、すまぬ、許せ」と、清四郎は気持ちのない言葉を発する。

清四郎はこの一連の流れを胸の内では三文芝居と呼び、ようやく箸を取って朝餉にありつけるのであった。前門の狼、後門の虎というが、清四郎にとっては全く油断な

らない二人だった。こうなれば何がなんでも手柄をあげて見返してやると、心ひそかに燃えていた。

「でもねえお竹、左平次さんと清四郎が一献傾けるなど、このような日が来るとは夢にも思いませんでしたよ」沁み沁みとした口調で妙が言う。

「……はあ、確かにそうでございますねえ。左平次さまは大旦那さまの月命日に必ずお墓参りをなさる義理堅いお方。大旦那さまが若旦那さまをお引き合わせになったのかもしれませんよ」

お竹は涙をこぼしたが、先ほどの空涙とはまるでちがうと清四郎は感じた。ただ何か割り切れないものを感じる。左平次と父親が昵懇の間柄だったことはわかったが、自分と左平次との関係は全く別のものだ。少なくとも昨夜は殴られるほどのことを言ったのかと思い、納得し難い気持ちに変わりはなかった。

「若旦那、昨夜はいかがでやした？　みくらの女将は美人だったでしょう？」

「ああ」

「料理も抜群に美味かったでしょう？」

「ああ」

「それで、左平次さんとはどうだったんです？　さすがに飲んでいるときくらいは鬼のような振る舞いはなかったんでしょう？」

組屋敷から幸町の自身番に向かいながら、仙太は興味津々で訊いてくる。まるで昨夜の清四郎の失態を全部知っていて、嫌味で言っているようにも聞こえた。

「黙って歩け」と言ってから、「あ」と足を止めた。

「どうなさったんで？」

「水やりを忘れたんだ」

仙太は笑った。

「大丈夫ですよ。お竹さんが代わりにやっておられますよ」

清四郎はもやもやとした気分になった。朝餉前に庭の植木や草花に水をやるのは清四郎の日課であった。生前の父親が毎朝やっていた習慣を引き継いだのだが、いつしかそれは義務ではなくなった。水をやるごと、日々育ち、花開き、あるいは枯れゆく様を一年を通して眺めながら、愛おしくて仕方がなくなったのだ。ささやかだが、心の支えにもなっていた。それを今朝はすっかり忘れてしまっていた。これも左平次のせいにちがいない。

清四郎と仙太が幸町の自身番に着くと、表戸に『白石屋に来られたし　左平次』と貼り紙がしてある。出鼻をくじかれたようで、もっと早く来ればよかったと清四郎は後悔しつつ、仙太の先導で白石屋へと向かった。

白石屋は幸町の中でも大店の部類に入る店だった。店には武家や町人を問わず、若い娘や妙齢の女性などがひっきりなしに出入りしている。表にまで紅白粉の香りが漂い、清四郎の胸をざわつかせ、落ち着かなくさせる。彼はまだ女を知らなかった。

「お役人さま、こちらへどうぞ。左平次さまは奥で若旦那さま、番頭さんと話しておいでです」表に出て来て声をかけたのは米吉だった。

清四郎と仙太は米吉の案内で奥座敷に通された。中庭に面した座敷であったが、そこでは左平次が正太郎、亀平の二人と向き合って座り、すでに何ごとか話している。仙太は廊下に座って控え、清四郎は座敷に入ったが、左平次は見向きもしないで茶を啜っている。

「これはお役人さま、どうぞお座りください」亀平に言われ、清四郎は気まずい思いのまま左平次の隣に座った。

「で、若旦那は一昨日の夜はどちらで飲んでおられたので？」左平次が訊いた。

正太郎は明らかに抗いの目を左平次に向けた。大店の跡取りに似つかわしくない、襟元が開いただらしのない着付けが清四郎の目を引いた。齢の頃は二十七、八。えらの張った四角い顔が傲慢さを強調して見える。

「その前に訊きたいのですが、お里は自害をしたのでしょう？　弔いも昨夜のうちに済ませてやりましたし、それなのに今さら何を探っていらっしゃるんで？」

左平次は微笑んだ。

「番所というところは何かと規則にうるさいところでね。自害かそうでないか。それをはっきりさせて届けないといけねえ」

「じゃあお里は殺されたっていうんですか」

「万が一でもそういうことはないと証を立てなきゃあならねえってことでね。簡単に答えてくれりゃあいいんだ」

「若旦那さま、手続きだけのことなんでしょうからお答えになってはいかがです？」

横から亀平が言う。

「……一昨日の夜なら、飲み仲間で米屋を営む助三郎《すけさぶろう》と幸町の『紅葉屋《もみじ》』という料理屋で飲んでましたよ」

「で、いつここにお戻りに？」

「木戸が閉まる四つ時分でしょうよ。酔っ払ってはっきりとは憶えてはいませんけどね」

「それで、寝た」

「ええ」煩わしそうに言って、正太郎はうなじを二度三度叩いた。

左平次は廊下に座っている仙太に目配せをする。仙太は目顔でうなずき、席を立って行った。

「もういいですかね。店の方が忙しいので番頭と二人抜けると大変なんですよ」

「もう一つだけ。大旦那の善右衛門さんはどこにいるんだい？」

「離れで臥せっております」

「お里は日頃、善右衛門さんの世話をしていたんだよな」

「ええそうです」

「善右衛門さんと少しばかり話がしてえんだが」

亀平は正太郎とちょっと目を合わせてから、

「それはちょっと……このところ大旦那さまは具合がよくないので」

「そうかい。じゃあこいつを見て欲しいんだが」

左平次は懐から手拭いの包みを取り出すと、二人の前で開いてみせた。そこにはお里の懐に入っていた珊瑚や金を使った鶴亀、松竹梅をあしらった簪があった。

「こいつに見覚えはねえかい」

二人はそれを見たが、亀平の顔色が変わった。

「これは御新造さまが持っておられた……確か、この店を開いて間もなく大旦那さまが職人に特別に造らせて贈られたものかと」

「そうかい。善右衛門さんはお里が首を吊って死んだのは知ってるんだよな」

「はい。左平次さま、これをどこで？」

「お里が懐の奥深くにしまっていたんだよ」

「しかし、それとお里の一件に何の関わりがあると？」

「そいつを確かめるために頼んでるんじゃあねえか。ほんの二言三言だ。手間は取らせねえ」左平次の声音がこわくなる。

「亀平、致し方あるまい」正太郎が吐息を漏らして言った。

「はあ……では今しばらくお待ちください」亀平は立って出て行った。

「ところでおめえさん、お里に気があったのかい？」

左平次が正太郎にいきなり訊いたので清四郎はぎくりとした。当然ながら正太郎は露骨に気色ばむ。

「そんなことあるわけがないでしょう」正太郎は茶を啜った。

「ふーん、そうかい。手籠めにしようとしたって聞いたがな」

正太郎は思わず目を剝いて左平次を見る。

「誰がそんなことを……」

「まあいいや。手代の太助とお里がいい仲だと知っていて、なぜそんなことしなさった？」

「は？」正太郎は鼻で笑った。「そんな話、誰から聞いたんです？　太助はお里に気があったかもしれませんがね、お里は相手にしてなかったって話ですよ。ついでに言うとね、太助に気があるのは女中頭のお勝だ。もし殺しだとすれば、お勝が殺《や》ったかもしれませんよ。あいつはお里が憎らしくて、陰では散々いびり抜いていましたからね」

清四郎は左平次の尋ね方に感嘆した。場当たり的ではなく、こういう状況になると先を読んだ上で的確に訊いている。正太郎の証言が本当だとすれば、お勝と太助が嘘をついていることになる。だが正太郎が事実を話しているとは限らなかった。

亀平が戻って来た。

「大旦那さまのお許しが出ましたのでどうぞ。ですが手短にお願いいたします」

「わかったよ」左平次は腰を上げた。

左平次と清四郎は、正太郎と亀平に続いて座敷を出ると、渡り廊下を歩いて離れの中へと入った。そのとたん、清四郎は淡い花のような匂いを嗅いだ。病人特有の体臭はまったく感じなかった。そういえば同じ匂いがお里の亡骸からもしていたと思い当たった。

部屋の真ん中に敷かれた蒲団に善右衛門は寝ている。傍らに座っていた若い女中が慌てて頭を下げ、隅に下がった。

左平次はまったく物怖じしない態度で善右衛門の枕もとに座り、清四郎や正太郎、亀平もその背後に座った。正太郎や亀平、女中は明らかに緊張の面持ちで善右衛門を見守っている。

首まで蒲団を掛けた善右衛門は頬が痩《こ》け、白髪で薄らと白い無精髭を生やし、すっかり痩せ衰えて見えた。だが、落ち窪んだ二つの目だけが異様に大きく、開け放たれた障子窓から射す陽光を照り返してギラギラと輝いている。その顔は老僧のようで、清四郎にはとても大店の主人には見えなかった。

「善右衛門さんよ、臥せってるとこすまねえな。首を吊ったお里の一件で確かめておきたいことがあってな」

「……何でございましょう」善右衛門は宙に視線を泳がせ、かすれて音にならない声で言った。

「そのお里がこいつを持ってたんだが、何だかわかるよな」左平次が簪を見せながら言う。

善右衛門の大きな目が簪をとらえる。だがその表情に変化はなかった。左平次は善右衛門の顔をじっと見据える。

「ええ……若い時分、死んだ女房に買ってやったものです」

「ずいぶん豪勢な簪だな」

「女房には苦労をかけましたから、この店を始めたとき、労《ねぎら》うつもりで、江戸随一の、職人につくらせました」

「ほう……実は、これをお里が持っていたんだが、何か心当たりがあるかい」

「……それはこの部屋にあります文箱に入れておったものですが、おそらくはお里が持っていったのでしょう」善右衛門は淡々とした口ぶりで言った。

「早い話が盗んだってことなんだな」

「そうでございますな」

「あんた、お里のことをたいそう気に入ってたんだってな」

善右衛門は答えず、目を閉じた。

「どうして自害したのか、心当たりはねえかい」

「ありませんな」迷いなくきっぱりと善右衛門は言った。そして蒲団から手を出してわずかに上げた。

それを見た女中が強張った顔で両手をついて頭を下げ、「失礼いたします」と枕もとに来ると、善右衛門の背中に手を回して身を起こさせた。そして吸飲みを取ると善右衛門に水を飲ませようとしたが、その手がガタガタ慄えてうまく飲ませられない。見かねた亀平が、「代わりなさい」と苛立って言い、女中を退かせて自らが吸飲みを取った。

「大旦那さま、粗相をいたしまして申し訳ございません。失礼いたします。間《ま》は三つでよろしゅうございますか？」

「ああ」

「お前、よく見ていなさい」と女中に言って、亀平は吸飲みの吸口を善右衛門に咥《くわ》えさせ、

「一、二、三」と数えてから飲ませるのを止め、再び善右衛門をそっと寝かせた。

その様子を左平次は見つめていたが、

「やっぱりお里でなければ務まらねえようだな」と言って微笑んだ。

だが善右衛門は無表情のままで動かない。亀平が善右衛門の耳もとに口を寄せた。

「大旦那さま、お疲れではございませんか」

「ああ疲れた」

「左平次さま、もうよろしゅうございますか」

「わかったよ。邪魔したな」左平次は善右衛門を見たままで言った。

善右衛門は何の反応も示さず、目を閉じた。

「庭を見てから帰りたいんだが」

亀平は一瞬ためらったが、正太郎が、

「どうぞ。思う存分お検めください」と嫌味半分に言ってさっさと出て行った。

「では大旦那さま、これにて失礼いたします」亀平も額を畳に擦りつけるように言って、部屋を出て行き、左平次と清四郎も続いた。

「あ、亀平さんよ」廊下を歩きながら左平次が声をかけた。

「はい？」亀平はひどくうろたえたように振り返った。

「お里はあの松の木の枝に縄を引っ掛けて首を吊ってたんだな」左平次が指差した先には、松の木があった。

「さようでございます」

「ということは、何か踏み台みたいなもんがなきゃあ首は吊れねえと思うが、何かあったのかい?」

「……ええ、確か踏み台を使っておりました」

「そうだろうな。いや、それだけだ。手間あとらせてすまなかったな」

「いえ」一礼して亀平は去って行った。

清四郎はここに来てから左平次の動きを見ているだけで、何もできない自分が歯痒《はがゆ》かった。左平次は清四郎など眼中にないといった態度だった。

ほどなくして米吉が二人の草履を持って来た。

左平次と清四郎は草履を履いて松の木の下へと行く。その様子を米吉は廊下から見ていた。

「ああ、もう行っていいぜ」左平次が米吉に言った。

米吉は戸惑いの色を浮かべたまま、去って行った。

「お前、何のためにここに来たんだ。何もしねえなら邪魔なだけだからもう帰れよ」

左平次は松の木の枝を見上げながら清四郎に言った。その声音は呆れた調子を含んでいる。全部お見通しだと思い、清四郎は顔を赤らめた。だがここで引いてはならないと思い、木の枝を見上げながら不審な点に気づいた。

「枝にずいぶん擦れた痕がありますね」

「気づいたか。どう思うよ」

「殺した後で首に縄を掛け、枝に引っ掛けて引っ張った……」

「そんなとこだろうよ」

そう言って左平次は地面を見ている。清四郎も地面を見た。

「きれいに掃き掃除がしてありますね。足跡でもあれば何かわかったかもしれませんが」

だが左平次はその言葉には答えず、裏木戸を出て行く。清四郎はその後に続いて並んだ。

左平次は肩を怒らせ、黙って歩いていく。清四郎はこの沈黙が嫌だった。何か話しかけたかったが、話すことも思い浮かばない。

「何だよ。言いたいことがあれば言えよ」

京橋川沿いの往来を歩きながら、清四郎の心中を察したように、左平次が言った。

「いえ、別に……」

「何か気がついたことがあるだろう。どんな小さな擦り傷でもな、そこに悪いものが入りゃあ命取りになることだってあるんだ」

「そういえば、善右衛門の部屋に入ったとき、お里の亡骸から出ていたのと同じ匂いを嗅ぎました」

どうでもいいことを言うなと、切り捨てられるのを覚悟で思い切って言った。

「あの匂いは白粉だ。紅白粉を扱ってる店とはいえ、お勝だってつけていねえ代物だ。なぜだかわかるか？」

「……値が張るからですか？」

「そうよ。それをお里はつけていたんだ」

「それはいったいどういうことでしょう？」

「ふん、てめえの頭で考えるんだな。寺子屋で学んでるのとはわけがちがうんだ」

やっとまともに相手にしてくれたようで、清四郎は嬉しくなった。

左平次は足を速めた。清四郎はついて行く。京橋川から吹いてくる冷えた風の中に青臭さを嗅ぎながら、清四郎は白粉のことを考え続けた。

七

その後、自身番に戻るまで、左平次は一言も言葉を発しなかった。清四郎は白粉のことを考え続け、一つの答えを導き出した。

自身番に入ると左平次と清四郎は座敷に上がって座った。

「白粉はきっと善右衛門にもらったのでしょう。お里は善右衛門に気に入られていたわけですからね」

左平次は煙草盆を引き寄せ、煙草入れを出して煙管に莨を詰めた。

「だったらどうだっていうんだ」

「どうって……」

「こちとら謎解き遊びをやってるわけじゃあねえんだ。もっと根っこのところまで考えろって。半端なことを口にするんじゃあねえや」と言って煙管に火を点けた。

もとの左平次に戻った気がして、清四郎はうんざりとする。だがここで引き下がっていては進歩がなかった。

「咎人は場当たり的にではなく、最初から殺すつもりで予め《あらかじ》用意していたのでしょう。いずれにせよ咎人は店の者にちがいないのですから、皆を再度呼び出して尋問すればいいのではないですか？」

左平次は清四郎を見もせず、煙管を吸っている。吐いた煙が清四郎の目に滲みた。

「別の手があるなら従いますが、警戒されて逃げられないうちに呼び出す方がよろしいのではありませんか？」

そこでようやく左平次は清四郎をジロリと見た。清四郎はまた叱られると思ったが、

「お前は誰がやったと思ってるんだ」とまともに尋ねてきたので拍子抜けする。

「私は太助かお勝が怪しいと睨んでいます。お里を入れた三者の間で色恋沙汰で揉め、お里が殺されたのではないかと」

左平次は煙を吐き出して笑った。

「まだまだトウシロだな、お前は」

清四郎はカチンときたが、言い返す言葉を持たなかった。

と、そのとき戸が開いて仙太が入って来た。

「やっぱりお二人ともお戻りでしたか」

「おうご苦労だったな。まあ座りな」

「へい、では失礼いたしやす」と、仙太は座敷に上がって正座し、三人は向き合う形となった。

「一昨日の晩の正太郎ですがね、間違いなく米屋の若旦那と料理屋の座敷で酒を酌み交わしておりやした。しかも二人で二升半というからずいぶん飲んだものです」

「いつもはそんなに飲まねえんだな？」左平次が訊くと仙太はうなずいた。

「そうなんでさ。いつもはどれだけ飲んでも二人で一升がいいとこで。それでね、す

っかり酔っ払っちまって、米屋の若旦那が駕籠《かご》を呼んで白石屋まで送らせたっていうんです。念のために駕籠屋に行って聞いてきましたが、店に着く頃にはもう寝込んでしまって、駕籠舁《か》き二人が担ぎ上げて店の中に運び込んだっていうんですよ」

「ふーん、それじゃあお里を襲うどころじゃあねえな」

「ええ、その通りでさあ」

「しかし、何だってその日に限ってそんなに飲んだんだ？」

清四郎の疑問に仙太は手を打った。

「そこなんですがね。正太郎には吉原に惚れ込んだ花魁《おいらん》がいましてね。どうやら身請けができることになったっていうんです」

「身請けだと？」左平次は灰吹に煙管を叩きつけた。

「へい。身請けの銭が八百両っていうんですから驚き桃の木山椒の木でさあ」

清四郎も驚いた。

「しかし、よく善右衛門が許したものだな。正太郎はいつ勘当されてもおかしくなかったんだろう？」

「それがどういうわけか、お許しが出たっていうから驚きなんですよ。ともあれ正太郎にとっちゃあ、めでてえってんでついつい飲みすぎたってわけでさあ」

「そうか……にわかには信じられん話だな」清四郎は意見を求めるように左平次を見た。

左平次は煙管を手にしたままじっと考え込んでいたが、

「善右衛門はもう隠居するつもりなんだろう」

「そ、そうなんでさあ。さすがは左平次さん、よくおわかりで。米屋の若旦那が申しておりやした」

仙太が頷く隣で、清四郎は腕組みをして首を傾げる。

「しかし、今日店に行ったがそんな話は少しも出なかったし、気配も感じられなかったぞ。そもそも神さまとまで呼ばれた善右衛門が、正太郎みたいなどら息子にすんなり跡目を譲るとは思えんがな」

「さあ、そこまではあっしにはわかりやせんが……少なくとも大金をはたいて身請けしようって奴が、今さら女中なんぞに手をつけたりしないでしょうよ」

左平次がふっと笑った。

「こいつあ少しばかし面白くなってきやがったぞ」

「何が面白いんです？」と訊いて清四郎はしまったと思った。

案の定、左平次の顔から笑みが消え、大きな眼で睨みつけられた。清四郎は目を逸《そ》らして知らん顔をする。

それから三人は黙り込んだ。とりわけ左平次は凄みさえ感じるほど沈思し、その目が仄暗《ほのぐら》いたたきに向いている。そういえばそこにはお里の亡骸が寝かされていたんだなと清四郎は漠とした思いにとらわれていた。

そのうち、大きく腹の音が鳴った。左平次は迷いなく清四郎を睨む。だが仙太がへヘッと笑った。

「すみません、今のはあっしです。朝から走り回ったんでどうにも……」

そう言われてみれば清四郎も腹が減ってきた。

「左平次さん、どうでしょう。昼飯でも食いに行きませんか？」

「行かねえよ。人間は腹あ空かせたときが一番頭が冴えていい考えが浮かぶんだよ」

「あのー」と、女の声がした。

戸口に岡持ちを提げた襷掛けのお花が立っていた。

「おうお花、ご苦労さん。そこに置いといてくれ」

「では失礼して」お花は岡持ちを上がり框に置いた。

左平次が先を見越して出前を頼んでいたのだ。

「肝吸いは女将さんからのお気持ちでございます」

「そうかい。ありがとうよ」

たちまち鰻と吸い物の匂いが立ち込める。今度は清四郎の腹が大きく鳴った。

「こいつあ駄賃だ。とっときな」左平次は懐から四文銭を出してお花に差し出した。

「いつもありがとうございます」お花はそれを両手でおしいただいて大事そうに懐にしまった。そして帰ろうとしたのだが、ふと清四郎を見返った。

「あのー、若旦那さま、具合は大丈夫ですか？」

「え、具合？」

「はい。昨夜たいそう酔ってしまわれて歩けないと仰《おっしゃ》られたんで、あたしが家まで送って差し上げたんですけど」

「は？　それはどういう……」

戸惑って左平次を見ると、

「大八車に乗せてよ、家まで送り届けてくれたのがこのお花なんだよ」とニヤニヤしている。

「ええっ⁉」

お花は恥ずかしそうに笑っている。

「左平次さんが送ってくれたのではなかったんですか」

「バカ野郎。何だって俺がそんなことしなきゃあなんねえんだよ」

「大丈夫ならそれでいいんです」

そう言ってお花は出て行った。

「さて仙太、食おうぜ」左平次の明るい声がする。

「へい！」

仙太は鼻唄まじりで岡持ちから丼と吸い物の椀を出して並べ始めた。

町人の娘に大八車に乗せられ曳かれたとは……清四郎はその姿を思い浮かべ、ひどい辱《はずかし》めを受けたように俯いてしばらく動けなかったが、嫌なことは食って忘れようと丼の蓋を取った。

今日は錦糸丼だった。ぎっしりと敷き詰められた黄金色の錦糸卵が清四郎の目をうった。箸を入れ、頬張ると、刻んだ鰻の香ばしさと錦糸卵の仄かな甘みが口の中に広がる。それを旨味たっぷりの肝吸いで流す。絶品だった。もちろん清四郎の分は大盛りだ。

その日もいち早く食べ終えた左平次は、楊枝で歯をせせりながら、

「仙太、食い終わったらな、すまねえがまた頼まれてくれ」

「合点だ。こんなにうめえ丼食ったら浅草にだって飛んで行きますぜ」

「白石屋でいいんだよ。そこ行ってな、もう一度尋ねたいことがあるからって、亀平と太助、お勝、米吉を呼んで来てくれ」

「承知しやした」と錦糸丼をかき込むと茶で流し込み、自身番を飛び出して行った。

「これなら今晩中には片がつくだろうよ」

誰に言うでもないように左平次は漏らした。

「つきますかね」

言ってから清四郎はしまったと思い、最後の一口を慌てて飲み込んだ。

「つくさ」あっさりと左平次は言う。「ただ、お前の働き次第だがな」微笑みを浮かべた。

清四郎は不気味に感じた。

怒っていたかと思えば笑い、笑っていたかと思えば怒る。ついていけないとは思いつつ、清四郎は子どもの頃に父親から聞かせてもらった、孫悟《そんご》空《くう》の物語を思い浮かべていた。孫悟空が自分なら、差し詰め左平次は孫悟空を掌《てのひら》の上で弄ぶお釈迦《しゃか》様だ。こうなれば左平次の期待に応えるしかなかった。

「やはり連中をもう一度尋問して真の咎人を落とすということなのですね」

「ああ、お前がな」

「落とすのは左平次さんの仕事ではないですか」

「誰がそんなこと決めたんだよ。やる度胸がねえなら連中をまた店に戻すぜ」

「わかりました。やりますよ。やりゃあいいんでしょう」と開き直って言ったものの、まともな尋問を一人で任されたこともやったこともない彼には、自信など全くなかった。

「まあ、お前が女を口説くより簡単だろうさ」楊枝をくわえたまま、左平次は真顔で言う。

だが、そんな左平次の戯れ言を聞く余裕など、清四郎にはなかった。

八

亀平、太助、お勝、米吉の四人は自身番の座敷に雑然と座り、その前に清四郎がいる。左平次と仙太は清四郎の背後で将棋を打っていた。

仙太にしてみれば、大切な旦那が初めて一人で尋問を行うというのに、将棋を指すなど本意ではなかったようだが、「おい仙太、一局やろうぜ」と左平次に誘われてはやらざるを得なかった。というか清左衛門とは暇があればよく将棋を指していたなと、清四郎は思い出していた。

この状況に清四郎は怒ってもよかったが、亀平らの尋問のことで頭がいっぱいでそれどころではない。

「我らの調べでは若旦那の正太郎はお里が首を吊った当夜、深酒をしており、とてもお里を襲うなどという状態ではないとわかった」

清四郎が緊張の面持ちで言うと、亀平らは戸惑ったように顔を見合わせる。

「だがお里の亡骸を検めた際、首には縄の痕が二重に残っていた。したがってこれは何者かがお里の首を絞めて殺めた後、庭の松の木に吊るして自害に見せかけたと思われる」清四郎は淀みなく言って、亀平らを見渡す。

「太助よ。お前、お里と夫婦約束などしていなかっただろう」

「え、そんな……私は確かに」

「黙れっ、調べはついておる」

太助は青ざめて黙り込んだ。

「お勝、お前も嘘をついておったな。太助が情を移したお里に対して悋気《りんき》し、散々いびっていたというではないか」

「お役人さま、滅相もございません。私はそのような——」

「ええい黙れっ。調べはついておると申しておろうが」芝居がかった調子で言いながら、今日の俺はなかなかいいぞ、いけてるぞと、清四郎は内心ほくそ笑んだ。

「恐れながらお役人さま」と口を開いたのは亀平だった。

「太助とお勝は嘘など申しておりません。二人のことは私がよく知っておりますので」

「ならば私の方が偽りを申しておるとでもいうのか」清四郎は声音を抑え、静かに言う。左平次の真似をしているのだった。

「いえいえとんでもございません。ひょっとしてお役人さまは、若旦那さまから今の話をお聞きになったのではございませんか」

「……いかにもそうだが」

亀平は小さく笑った。

「さようでございましたか。ならば合点がいきましてございます。あの方は手前どもも困り果てるほど、嘘偽りを申す癖といいますか、病がございましてな」

「番頭さんの言う通りです」と声をあげたのは米吉だった。「私は何度も騙されて、行かなくてもいい使いに行かされてひどい目に遭いました」

清四郎は言葉に詰まった。全く想定していなかった流れだった。亀平ら四人から責めるように見つめられ、いよいよ清四郎は頭の中が真っ白になってしまった。と、そのとき――

「あー、やられたな。仙太おめえ強《つえ》えなあ」と左平次が言って、手にした駒を盤の上に投げた。

「へい、将棋では誰にも負けたことはありませんや」

「時に清四郎よ、咎人が店の中だけにいるとは限らねえぜ」

清四郎は見返って、

「しかし、裏木戸は閉まっていたはずですし……」

「恐れながら」と口を開いたのはお勝だった。

「しょっちゅうではございませんが、たまに女中が内鍵を閉め忘れることもございます」

「ほう、そうかい……そういや仙太よ。おめえ、お里が首を吊った明け方、白石屋の裏道を通った大工がいたって言ってたよな」

「え、ああ、人の声がするんで板塀の節穴から中を覗いたっていう話ですね。でも酔っ払ってたからあてにはなりませんぜ」

「実は、もうどこに住んでるか調べはついてるんだ。この幸町の、源兵衛店《げんべえだな》の権助《ごんすけ》っっていう大工なんだがな。木戸の角に乾物屋がある長屋だ。ひょっとして、今になってはっきり思い出してるかもしれねえぜ」

「なるほど。あっしが行ってきやしょうか?」

「いや、明日俺が行って来るさ」左平次はふふっと笑った。「酔っ払いってのは、酔いが醒めてからいろいろ思い出してよ、恥ずかしいこと言っちまったとか、やっちまったとか後悔するもんだ。俺だってそんなこと何遍もあらあな」

「そういやあ、あっしもそんなことがありましたっけねえ」

まるで清四郎の尋問などはなから相手にしていないといった左平次の口振りに、清四郎は苛立った。だがこれ以上尋問する事柄もなく、手詰まりなのは否めない。歯痒い時がジリジリと過ぎ、やがて左平次の大きなため息が聞こえてきた。

「番頭さんよ。もうみんな連れて帰っていいぜ。ご苦労さん」

「さようでございますか。ではこれにて失礼いたします」

そう言って亀平たちはそそくさと帰って行った。

清四郎は不満だった。自分が仕切るはずの尋問の場なのに、どうして左平次が好き勝手にするのか。

「左平次さん——」と言って清四郎は険しい表情で後ろの左平次に向き直った。

「何だ」

「勝手に帰らせては困ります」

「だったら止めりゃあいいじゃあねえか」

「それは……」

「帰ってから言ったってどうしようもねえや。機を逃すなよ。逃したら命取りになるんだ。あんなトウシロ連中相手なら逃しても何とでもなるがな。中には手に負えねえ奴らがいるんだ。よく覚えとけ」左平次は将棋の駒を手の中で弄びながら言った。静かな声音に清四郎は説得力を感じ取り、それ以上何も言えなくなった。

夕陽が自身番の障子戸を赤く染めている。左平次はなかなか口を開こうとせず、終わったままの将棋盤に目を落としている。仙太が落ち着かない素振りで清四郎と左平次を見比べていた。

「さてと」

ようやく左平次は言って、立ち上がりたたきに下りた。

「どこへ行かれるのです」

「家に帰るのさ」

「え……あの、では私はどうすれば」

左平次は背中を向けたまま、

「お前たち二人はこれからすぐ源兵衛店の権助の長屋に行って夜通し見張るんだ。ちょうど権助の家の向かいが空き家になってるはずだ。大家とはすでに話をつけてある。今晩中に必ずそこを訪ねて来る奴がいるはずだ。そいつがお里を殺した咎人だろうよ。相手は所詮トウシロだ、俺の出る幕でもねえだろう。じゃあ頼んだぜ」

そう言うと左平次は自身番を出て行った。戸を閉めた音が長く清四郎の耳に残った。

次第に夕闇が立ち込めてくる中、清四郎は仙太と見合った。

「ということは、奉公人の誰かが権助の口をふさぎに来るってことですかね？」仙太が声を潜めて言った。

「とは限らん。金で決着をつけるかもしれん」

「しかし若旦那あ、こいつあ捕物になるかもしれませんぜ。どうしやす？　番所に戻って仕度をしますかい？」

捕物ともなれば、浅沼を通して年番方与力の平松の許可を取らなければならなかった。そうすれば人手をかけ、余裕を持って咎人を捕らえることができる。だが清四郎の思いはそこにはなかった。

「いや、俺たちだけでやる。左平次さんはすぐに行けと言ったんだ。そうでないと取り逃がすかもしれないということだろう。相手は町人だ。肚を括ろうぜ仙太」

「へい、合点承知だ」

「源兵衛店の場所はわかるか？」

「おおよその見当はついてまさあ」と言って仙太は長押に掛かった小田原《おだわら》提灯を取って懐に入れた。

平静を装ったが、清四郎は内心身震いしていた。捕物など同心になって初めてのことであった。初手柄をあげる絶好の機会だ。

二人は自身番を出て、源兵衛店に急ぎ足で向かった。

九

暮れ六つをとうに過ぎて、長屋の障子戸に映る火影も次々に消えていった。夫婦喧嘩の声も赤子の泣き声も止んで今は深閑としている。月明かりがドブ板を青白く照らしていた。

清四郎と仙太は障子戸に権の字が入った家の向かいの空き家に陣取った。そして代わる代わる破れた障子の穴から覗いて人の気配がないか確かめながら見張りを続けたのだった。

二人がこの長屋に着いたとき、権助の家の障子戸の向こうには仄かな灯りが点いていたが、今は消えている。物音ひとつしないところをみれば、権助は寝入っていると思われた。家の前には権助の飼い犬らしい、白い大きな犬が寝そべっている。清四郎と仙太は、白石屋の誰かが来るのをただひたすら待つしかなかった。

あたりは闇に包まれ、不気味なほど静まり返っている。自身の息遣いや唾を飲む音が清四郎には大きく聞こえた。

やがて五つ刻の鐘が鳴り響いた。

二人の口数は少なくなり、今日はもう来ないのではないかと清四郎が思い始めたとき、

「あ、誰か来やすぜ」と、破れ穴を覗いていた仙太が言った。

清四郎も指を舐めて障子にそっと穴を空けて覗き込む。

頬被りをした人影が権助の家に忍び寄って来て、中へと入って行った。仙太が慌てて火打ち石を打って提灯に火を点ける。

「行くぜ」

小声で言って清四郎は表に出ると、後ろ手で十手を引き抜き、戸をガラッと開けて

踏み込んだ。

「南町奉行所である！　神妙に縛につけ！」

と、大声をあげたつもりだったが、緊張のために声になっていない。足ががくがくと慄えていた。

仙太が部屋の方へ提灯を翳《かざ》す。

提灯の仄かな橙《だいだい》の灯りの中に、頬被りをした男の後ろ姿が浮かぶ。その背中は動かなかった。男の向こうには、夜着を頭からすっぽり被って盛り上がった影が見えている。権助が寝ているのだろう。

清四郎は一喝したかったが、どうしても声が出てこない。

男の手には包丁が握られている。石のように動かないのが不気味だった。

と、仙太が――

「だ、旦那……」

ただならぬ声をあげる。

清四郎は戸口に目をやった。

頬被りをした人影が二人立っている。月明かりが二人の持つ包丁の刃を照らして光っていた。

仙太は提灯の火を吹き消し、素早く懐に隠し持った十手を引き抜いた。

暗闇の中、二人はぬっと入って来て、清四郎らに迫った。部屋に立つ男も振り返って清四郎を見る。

今動けば目の前の二人が飛びかかってくるだろう。その間に権助が殺られるかもしれない。清四郎は逡巡《しゅんじゅん》した。

暗闇の中、互いの荒い息遣いだけが交錯している。

脂汗が清四郎の首筋を伝ってだらだらと流れる。

(これ以上は待てぬ！)

清四郎は意を決して部屋に飛び上がった。だが、清四郎が男を十手で打擲する前に、男は盛り上がった夜着に馬乗りになって包丁を振り上げた。

「動くと突っ殺すぞ！　十手と刀を捨てろ！」男の声が響き渡る。

清四郎はどうすることもできず、大小を引き抜き、十手とともに下に置いた。

「そっちの野郎もだ！」

「仙太、十手を置け」

「へ、へい」仙太も十手を置いた。その背後で二人の人影が仙太に包丁を突きつける。

沈黙が続いた。清四郎は相手の出方をうかがっていたが、相手のほうもうかがっているのかもしれない。遠く、時の鐘が聞こえる。

と、枕屏風《まくらびょうぶ》の陰からもう一人、ぬっと立ち上がった人影がある。

「あーあ、てめえら見ちゃあいられねえなあ」

左平次の声だった。

（なぜここに左平次さんがいるんだ？）

清四郎が混乱していると左平次が夜着に馬乗りになっている男に、

「てめえ、やれるもんならやってみなよ。刺せよ。突っ殺してみろよ」

包丁を振り上げた男の荒い鼻息を清四郎ははっきりと聞いた。

「左平次さん、いけません。奴は本気です」

「本気なもんかよ。脅しだよ。できるわけがねえや。やってみなよ」

男が動き、いけない！　と感じた清四郎は飛びかかろうとした。が、その前に男は二度三度と包丁を深々と、夜着の中にいる権助に突き立てた。

清四郎があっと総毛立ち、動きが止まったとき——左平次が闇の中を猿《ましら》の如く動き、男に組みつくと腹を強かに殴って包丁を取り上げた。そしてすかさずたたきに飛び下り、人影の一人を殴りつけ、包丁を手刀で打ち落とすと、仙太が素早く拾って奪った。

もう一人は包丁を投げ捨て、慌てて表に逃げ出した。それを見た左平次は指笛を鳴らす。と、表から犬の吠え声がしたかと思うと、家の前にいたあの大きな白い犬が、人影の着物の裾を引きちぎらんばかりに噛みつき、家の中に引っ張り込んで来た。

「おっとその犬にそれ以上逆らうんじゃあねえぜ。足の一本は楽に食いちぎるからよ」左平次が言うと、噛みつかれた人影はおとなしくなった。

清四郎は何がなんだかわからないまま、

「仙太、灯りを点けろ」と言うのが精一杯だった。

仙太は大急ぎで提灯に火を点け、辺りを照らした。

左平次がたたきに並べた三人を、次々に細引きで後ろ手に縛り上げていた。いつの間にか犬は戸口で寝そべっている。

「これは……」

清四郎が愕然《がくぜん》としていると、縛り終えた左平次が部屋に上がり、あぐらをかいて座った。

「仙太、こいつらの頬被りを取ってみな」

「へ、へい」

仙太は次々に三人の頬被りを引っ剝《ぺ》がしていった。それは亀平と太助、お勝の三人だった。

清四郎は部屋に突っ立ったまま言葉を失い、左平次を見下ろした。

「清四郎、仙太、ご苦労だったな」

そう言って左平次は煙草入れを取り出して煙管に莨を詰めた。

「おい仙太、火ぃ貸してくんな」

「へい只今」と、仙太は提灯を左平次に近づけた。

左平次は煙管に火を点けた。提灯の灯りに左平次の涼しい顔が闇に浮かぶ。その瞬間、得体の知れない衝撃が清四郎の体を突き抜けた。

(これが本当の捕物だ……)

だが、権助が殺されてしまったという現実がある。命を救えなければ失敗といえるのではないか。

「さて、番頭さんよ。これからみんなでひとまず大番屋に行ってもらうが、何か言いたいことはあるかい」左平次は淡々として言った。

「じ、実は、この家の権助が、お里を殺して首吊りに見せかけたのでございます」と亀平は身を捩って声をあげた。「権助は出入りの大工でして、板塀に細工を施し、お里を狙っていたに違いありません。私どもは、お里の恨みをどうしても晴らしてやりたいとこうして参った次第でございます」

「その通りでございますよ。普請中にお里に色目を使っていたのをあたしも見ております」とお勝も必死の声を搾り出す。

「ほう、恨みを晴らすとなあ」

「ならばどうして私たちにそのことを伝えなかったのだ」真っ赤な嘘だと直感した清四郎は、上がり框に膝をつき、亀平を睨み下ろした。

「それは……どうせ自害として片付けられると思ったからです」

「そうなんです。自害の検めはずいぶんいい加減なものだと聞いていましたから」と、太助が加勢して言う。

「なるほど。仇討ちをするまでお里のことを思いやっていたとは、奇特なことじゃあねえか」

「左平次さん、この者たちに騙されてはなりません。言い逃れに決まっております」

「ふん、てめえに言われなくたって百も承知よ」と、たたきに下りると、煙管の灰を亀平の頭の上に落とした。「ひっ」と亀平が声にならない声をあげる。

「なあ番頭さんよ。さっきお前さんが言った権助だがな。出入りの大工とかお里を狙ったとかっていう話はあり得ねえ。そもそも仇討ちなんぞできっこねえんだよ」

「……し、しかし私たちはこの通り権助の家に来て――」

「できるわけがねえって言ってんだろうが」と大声で吐き捨て、亀平を黙らせた。

「権助なんて野郎ははなからいねえんだからよ」

「え、いないって、どういうことです?」清四郎もわけがわからなくなった。「現に権助は殺されたんです。この捕物は失敗も同然ではありませんか」

「失敗だと? これが失敗だといえるのかよ」と言って左平次が夜着を捲《まく》って見せると、そこには蒲団が丸めて置かれているだけであった。

「え……では権助をどこかに匿われたんですか?」

「おめえも鈍い奴だなあ。ここは俺の家なんだよ!」

あっと口を開けたまま清四郎は動けなくなった。

「そういうことか!」仙太が、手を打って大声をあげた。

「しかし、戸の障子には権の字が――」

「バカ野郎。そんなもなあ、いくらでもつくれるじゃあねえかよ」

清四郎は無意識のうちに、神さま……落としの左平次……神さま……と脳裏で反芻していた。

「おい清四郎、こいつらがなぜお里を手にかけたのか言ってみろ」

いきなりで戸惑ったが、清四郎は冷静に考えてみて、

「亀平は……正太郎が大切な白石屋の跡を継ぐことがどうしても許せなかった……太助は、お里に言い寄ったが断られた……お勝はお里に悋気した……そんな思惑が一致して、三人でお里を押さえつけて手にかけた……そんなところでしょうか」と思い当たることを口にした。

「ふん、そんなきれいごとだけでこいつらが殺しなんぞするもんかよ。なあてめえら、違うよな。どうだ亀平、太助、お勝。どのみち死罪なんだろうから、最後くらい人間らしく本当のことを話したらどうだ」

「あのバカ息子が悪いんだ」と亀平が吐き捨てた。「あいつさえいなければ、店がこんなことにはならなかったんだ」

「違うよ。お里のせいだよ。あの娘さえ店に来なければ……」と、お勝は悔し気に言った。

「くそっ」太助が立ち上がり、逃れようとするが清四郎に襟首をつかまれ、引き倒される。

「てめえら目を覚ませよ。こんなことになっちまったのは、正太郎のせいでもお里のせいでもねえって、てめえたちが一番よくわかってるだろう?」左平次は押し殺すような声で言った。

その言葉に誰も抗弁することなく、静寂が訪れた。

清四郎には左平次の真意がわからずにいた。左平次は底無し沼のようにどこまでも考え抜いて答えを出している気がする。

(何だろう、このお人は……)

清四郎は身慄いする思いで左平次を見ていた。

「ああそうだ。冥途の土産《みやげ》に教えてやるが、その犬は俺が飼ってるんだが、権助っていう名だ。つまりゃあ犬の権助ならいるってことにはなるよな」いたって真面目な調子で左平次は言って、清四郎を鋭く見据えた。

「清四郎、何をボケーッとしてやがるんだ。こいつらを大番屋にぶち込んどけよ。俺あ一杯ひっかけて来るからな」

左平次はいかにもくだらないといった感じで言い放つと、たたきに下りて行きかかったが、

「清四郎、明日の朝は真っ直ぐ白石屋に来るんだぞ」と言い残して出て行った。

清四郎は思わず表に飛び出し、月明かりの中、左平次の背中が闇に紛れて見えなくなるまで茫然と見送るしかなかった。

十

興奮で眠れないまま、夜が明けた。寝床の中でずっと、昨夜あったことを反芻し、夢ではないことを清四郎は確かめていた。そしてあらためて左平次の神業を思い知った気がした。そばにいて今後まともに仕事ができるとはとても思えなかった。

（左平次さんが神さまなら、この俺は生まれたての赤ん坊だ。何十年やろうが追いつけるとはとても思えないな）

口から出てくるのはため息ばかりだ。

ようやく起き出して顔を洗い、朝餉の席についたが、いつもなら最低でも茶碗で三杯の飯を食べる清四郎なのに、今日は一杯しか食べなかった。妙とお竹が熱でもあるのかとしきりに心配したが、何でもないと言って家を出た。

仙太も昨夜のことを考えているのだろう。なかなか話さなかったが、

「しかし、昨夜は恐れ入りましたね。さすがは神さま、落としの左平次だ」と、白石屋の近くまで来てようやく口を開いた。

昨夜は仙太と一緒に亀平たちを引っ張り、茅場町の日本橋川沿いにある大番屋に入

れた。その道中からずっと、清四郎は左平次がつかんでいるだろう真実を繰り返し考えてみたが、まるでわからなかった。

それにしても、この衝撃をどう言葉にしても嘘になると感じた。亀平ら三人の仕業だとかなり早いうちからわかっていないと、あれほどの仕掛けはできないはずだ。

白石屋は大戸が下ろされ、ひっそりとしていた。仙太が脇の潜り戸を叩くと、ほどなく中年の女中が顔を覗かせた。

「お勤めご苦労さまでございます。左平次さまはすでにお見えになられ、大旦那さまのもとにおいでになっておられます。どうぞお入りください」と言って女中は清四郎と仙太を招き入れた。

静まり返った薄暗い店内を過ぎ、渡り廊下を歩いて離れに入った。

部屋では善右衛門の枕もとに左平次が座っていた。その傍らには医者と女中が付き添っている。

「来たな。すまねえが二人にはしばらく席を外してもらおうか」と、左平次は医者と女中に言った。

「では終わったらすぐに呼んでください」医者は戸惑いの表情を見せながら言って、女中と一緒に離れを出て行った。

左平次は清四郎を一瞥もせず、目を閉じた善右衛門の顔を見ている。清四郎は近寄りがたいものを感じつつ、襖を開けて入ったところに仙太とともに腰を下ろし、外した大刀を脇に置いた。

「善右衛門さんよ、少しばかり話が聞きてえんだがな。無理にとは言わねえ。事件は決着したんだ。ただね、確かめておきたいことがあるんだ」

左平次が言うと、善右衛門は薄らと目を開いた。顔色は真っ白で、昨日とはちがって眼光は鈍く、もう長くはないのではと思われた。

「これから問うことがその通りなら、ゆっくりと瞬きを一度してくれればいい……まず簪だが、あれはあんたがお里にやったんじゃあねえのかい」

ためらうような間があった後、善右衛門は目を閉じ、開いた。

「そうだよな。あんたは年甲斐もなく、お里に惚れちまった……若き日の恋女房にそっくりのお里にな……だが大店の主人と女中が結ばれることはご法度だ。そこであんたは、店を畳んで、どこかでひっそりとお里と暮らすことを夢に見なすった……」

目は長く閉じられたまま、開かなかった。清四郎には、興奮のためか、善右衛門の鼻息が少し荒くなった気がする。

「ところがそんな矢先、正太郎が吉原の花魁を身請けしたいと言い出した。そうなればいずれ店の身代を食い尽くされるのは目に見えている……だが叱りつけたところで甘やかされて育った正太郎がヤケを起こして何をしでかすか知れない……あんたにとっちゃあ一代で築いた命よりも大事な店だ。あんたは知恵を絞った……そして殺すしかないと思い立ち、亀平に相談をした。おそらく、報酬としてこの店を継がせると言ったんだろう。亀平はあんたの右腕、いや、病に倒れてからはあんたの分身と言ってもいいくらい、大事な男だ。亀平にとってもあんたは神さまだ。思惑が一致して亀平は承知した」

そこまで言うと、左平次は大きく息を吐いた。

善右衛門は目を閉じたままで動かない。

「そこまではわかったんだ。だがわからなかったのは、あんたがなぜお里を殺して正太郎に罪を負わせようとしたか……いや、だいたいの察しはついてるんだがな……俺あ、あんたの口から直に聞きたかったんだ」左平次は静かに問うた。

そのとき初めてこの事件の首謀者が善右衛門であると知り、清四郎は驚いた。左平次がつかんでいた真実はこれだったのだ。

清四郎は固唾を呑んで善右衛門を見守った。

善右衛門はまた薄らと目を開け、ひび割れた血の気のない唇がわずかに開いた。最後の力を振り絞っているようにも見えた。

「旦那あ……女とはわからないものですなあ……私は、五日前までは、お里を殺そうなんて夢にも思わなかった……」

「愛想尽かされたのかい？」

善右衛門は目を見開いた。白目が充血し、興奮しているのがわかる。

「愛想も何も、はなからお里にはそのつもりはなかったんですよ。金目当てだった……正太郎を殺すという、話を打ち明けたら……私にはいくらもらえるのかと訊きましたよ……所帯を持つときの持参金にしたいとね……お里は私を看取るつもりなど、これっぽっちもなかった……私は、亀平を呼んで、相談しました……そうしましたら、亀平は、太助とお勝、そして米吉に銭を与えて、一緒にお里を……その罪を正太郎にと……」

「商いの神さまも女心は見抜けなかったってわけか」

善右衛門は微笑んで目を閉じた。

「人間、銭があるというだけで、何もかも、うまくいくものではありませんねえ……すべては私が、愚かだったのです……使用人たちに罪はありません」

そこで善右衛門は小さく息を吐いた。

左平次は黙って善右衛門を見ている。

清四郎は言い知れない緊張を覚え、膝に置いた両手を固く握り締めた。

「旦那あ……」

「何だい」

「せめて、亀平たちの、命だけでも、助けてもらえないですか」

「……わかった。奉行所に働きかけてみよう。だからよ。安心して恋女房のとこに逝きな」

「ありがとう……ありがとう」善右衛門が目を閉じると、目尻から涙が一筋流れ落ちた。

「仙太、医者を呼べ」

「へい」と仙太は離れを出て行った。

ほどなくして医者が戻って来た。医者が善右衛門の手首を持って脈を取る。すでに善右衛門は昏睡状態に陥っていた。左平次は立ち上がり、離れを出て行った。清四郎と仙太は後に続くしかなかった。

三人が潜り戸を抜けて表に出たとき、清四郎の中で疑念が湧いた。

「本当に奉行所に働きかけるおつもりなのですか?」

「バカ、そんなことができるもんかよ」

「じゃあなぜあんなことを」

「死にかけの人間に鞭打《むちう》ったって意味ねえよ。人間死にゃあ何もかも終わりだからな」振り返りもせずに左平次は言った。

「こうなると神さまも哀れなもんですよねえ」と、仙太が呟いた。

左平次は大きくため息を吐いた。

「とにかくこの事件はこれで終わりだ」

だが、清四郎にはまだ大きな疑問が残っていた。

「左平次さんは、いつから亀平たちが怪しいと睨んでいたのですか？」

「いつからって、そんなことはわかりきったことよ。あいつら四人のうち誰ひとり、お里は首を吊って死んだというのに、なぜこんな殺しみたいな取り調べをするのか訊かなかっただろう？　訊いたのは若旦那の正太郎だけだ。トウシロは殺したら殺しのことで頭がいっぱいになってるからな。それだけのことよ」

清四郎はあっとなった。言われてみれば確かにその通りだった。

「梯子を木に掛けてようやく亡骸を下ろしたっていうのによ、踏み台を使って一人で簡単に首を吊れるものかよ。それに殺されたにしてはあまりにもお里の体がきれい過ぎた。ふつうは抗ったときに痣をつくったり傷ついたり、引っ掻いて爪の中に相手の面や体の皮が残ったりするもんだ。これは何人かで用意周到にやったという証だ。ついでに言やあ、お里がつけてた白粉だが、銭もねえ女中に買えるわけもねえ。簪もそうだが、善右衛門がくれてやったとなればよっぽど惚れてたということだ」左平次は依然として背中を向けたまま、振り向きもせずに言った。

清四郎は、亡骸を検めるとはこういうことかと、目から鱗が落ちる思いがした。だがもう一点だけ、わからないことがあった。

「それにしても善右衛門の指図だったと、どうしておわかりになられたんです?」

「簡単なことだ。善右衛門は神さまだぜ。何をするにしてもおうかがいを立てて決めてもらわなきゃあならねえ。おめえも見ただろ? 使用人たちは奴婢《ぬひ》の如く従ってるんだ。逆らうなどあり得ねえことよ。あの連中が勝手にお里殺しを企《くわだ》てて、正太郎を咎人に仕立てるなんぞできると思うか?」

「思えません」と清四郎は答えるしかなかった。この前、離れを訪れた際に見た、善右衛門に対する使用人たちの緊張感、態度がそれを如実に物語っていた。

「人間を見ることとだ。人間を見ていれば糸口が必ず見つかる」独り言のように左平次は言った。

「……わかりました。肝に銘じます」

左平次は空を見上げた。

「しかし、女心と秋の空とはよく言ったもんだよなあ。清四郎よ。おめえも女にはせいぜい気をつけるこった」

空一面を鰯雲《いわしぐも》が覆っている。冷えた風が絶えず吹いていた。往来は町人や行商などで賑わっている。茫然と立ち尽くしていると左平次はにわかに振り向き、険しい視線を清四郎に送った。

「言っとくが、お前とはもうこれきりだ。俺にはお前みたいなトウシロのひよっこを相手にしてる暇はないんだ」

清四郎は狼狽《ろうばい》し、動揺した。これから左平次について、廻り方のイロハを教えてもらおうと燃えていた矢先に言われて平静を失った。

「私は左平次預かりの命を受けたんです。これからはあなたについて参ります」

「冗談じゃあねえや。俺あ浅沼さんにやる気はないとはっきり断ったんだからな。とっとと失せな」

「嫌です！」

「じゃあはっきり言ってやろうか。お前は廻り方には向いちゃあいねえ。見込みがねえんだ。早いとこ平松さんに言って役職を変えてもらったほうがいいぜ」吐き捨てて左平次は去って行った。

清四郎はいきなり石で頭を殴られたような衝撃を受け、いよいよ動けなくなった。周りの喧騒が遠ざかってゆく。仙太がしきりに慰めの言葉をかけたが、清四郎には届かなかった。


どうやって奉行所まで戻って来たのかは憶えていなかった。気がついたら詰所で何をするでもなく、長火鉢の傍でぼんやり座っていた。すでに夕方になっている。

「その様子じゃあ神さまに相当絞られたようだな」外回りから戻って来た駒野が傍に来て嬉しそうに言う。

周囲では勤めを終えた廻り方や臨時廻りの同心たちが顔を揃え、賑やかに談笑していた。

「だが仕方がないさ。ただでさえ一匹狼の難しいお方だ。本来であればお前のような新参者を相手にするはずもない。気にするな」

「お前は廻り方には向いてないから、役職を変えてもらえとまで言われました」愚痴混じりに清四郎は言う。

「本郷《ほんごう》さんらしいな」と言って駒野は苦笑した。

「本郷っていうのがもとの名ですか……本郷、左平次ですか」

「左平次の名もな。以前は人偏のついた佐平次だったんだ」

「どうして人偏をとってしまわれたのです？」

「……さあな。自分で考えろ」ためらいがちに駒野は言い、戸口を見た。「ほら、お呼びだぞ」

「こら清四郎、戻ったのなら真っ直ぐわしのところに来んか」

浅沼が戸口に立っていた。顔は相変わらず微笑んでいる。清四郎は気が進まなかったが、浅沼の後について行って例の座敷に入った。

「よくやった。お手柄だったな」座るなり浅沼は満面の笑みを浮かべて言った。

事件のことはすでにすべて浅沼の耳にも入っており、今朝になって吟味方与力の尋問が終わり、亀平、太助、お勝、米吉は小伝馬町《こでんまちょう》の牢屋敷に送られたということだった。また、白石屋から善右衛門が自訴する旨の書状が届いたという。

「これにより、白石屋は闕所《けっしょ》となり、店は取り潰しとなる。つまり、正太郎は身請けどころか路頭に迷うことになるかもしれんな」

「亀平、太助、お勝の三人は死罪になりましょうか」

「おそらくはな。米吉についてはまだ子どもであるゆえ、敲《たた》きだけで放免となったようだ」

「そうですか……それで、私の今後についてなのですが」

「ん？　今後なら引き続き左平次預かりだ。勤めに励め」

「しかし、肝心の左平次さんがお許しにならないのです」

「何を許さないというんだ？」

「私は廻り方に向いていないそうです。役職を変えてもらえとまで言われました」

ふふっと浅沼は笑った。

「気にするな。本当にそんなことを思ってはおらんさ」

「面と向かって言われたのですよ」

「もしそうであれば、会った瞬間にお前は見限られているはずさ」

「それならいいのですが」

「あいつはそういう男だ」

「……一つ教えていただきたいのですが」

「何だ」

「左平次さんはなぜ同心をお辞めになったんでしょう？」

浅沼の顔に微かな陰がさすのを見てとった。

「お前が知る必要はない。とにかくこれで一件落着だ。ご苦労であった。今日は家に帰ってゆっくり休め」

清四郎は「しかし」と出かかった言葉を飲み込み、一礼して座敷を後にした。

十一

左平次は前と同じ坪庭に面した席にあぐらをかいて座り、豆腐を肴に黙念と飲んでいた。みくらは相変わらずごった返し、繁盛している。店内には熟した柿の如き酒臭さが充満していた。清四郎はお香に先頃の非礼を詫び、左平次の前に黙って座った。左平次は一瞥もくれない。

縁側には月見用の机が置かれ、その上の三方には団子がこんもりと盛られ、脇の徳利にはすすきの束が挿してあった。

お花が注文を取りに来た。大八車で運ばれたことを思い出し、清四郎はまた赤面する思いになった。お花もどこか清四郎を意識しているような素振りで、恥ずかしげにしている。清四郎は左平次と同じものを頼んだ。

「左平次さんはいつも豆腐なんですか？」手持ち無沙汰に清四郎は訊いてみた。

左平次はようやく清四郎に目をやった。

「食べ物で何を食うかあれこれ悩むなんざあ無駄なことでしかねえや。俺はいらねえことで頭を使いたくねえんだよ」

「では何に頭を使っていらっしゃるんです？」

「……何でそんなことおめえに言わなきゃあいけねえんだよ」

「俺は知りたいんです」

「目上の者に対するときは私と言え私と。俺と言うな」

そこかと思って清四郎はガックリと肩を落とした。

お花が酒と豆腐を持って来た。頼んでもいない小鉢がついている。

「何だこれは」清四郎が小鉢を覗き込んで言う。

「馬鈴薯《ばれいしょ》をつぶしたものに炒った鮪のそぼろを加えて、そこに出汁に浸した鰹節を和えたもんですよ」

「へー、美味そうだな」

「美味そうだ、じゃあなくて美味いんです」お花は笑って去って行った。

清四郎は箸をつけ、一口食べてみる。あっさりした芋に鮪のそぼろの甘み、さらに出汁の旨味が渾然となって口の中に広がる。

「美味い！」

左平次がジロリと見る。

「左平次さんもどうです、一つ」

「おめえ、また叩き出されたいのかよ。だいたいここに何をしに来やがったんだ」

半分本気だと清四郎は思い、本題を切り出した。

「何って俺は、いや私は、左平次預かりの身ですから」

「だから断ると言っただろ？　断るという意味を教えてやろうか？」

「どう言われようが私はついて参ります」

「この野郎……」

「叩き出しますか？　どうぞやって下さい。またここに戻って来ますから」

左平次は憤怒の表情で清四郎を睨みつける。

「私がダメなのはわかっています。左平次さんの足もとどころか爪の先ほどにも及びません。だからこそ、ひとかどの廻り方になりたいのです。しかし、私には教わるべき父がいませんし、諸先輩方は勤めに忙しく、私を教える余裕もありません。それゆえ——」

「教えてもらおうなんて、その魂胆がさもしいって言ってんだよ。先輩連中を見て学べよ。盗み取れよ。昔からずーっとそうやって新参者は鍛えられて来たんだ。甘いんだよお前は」

左平次は猪口の酒を飲み干した。

ここで熱くなってはダメだ、平らだ、抑えろと清四郎は自分に言って聞かせた。

「人は……人はそれぞれです。お前は俺とは違うと仰ったのは左平次さんではありませんか。私は私の考え方として申し上げているんです。私は、何としてでも左平次さんに教わりたい。いえ、何があろうとついて参ります」

左平次の肩がさらに怒る。酒を注ごうとしたが猪口に落ちたのは一滴二滴だった。

「女将！　酒だ！」

「はーい」

お香がすぐに追加の酒を運んで来た。

「どうなさったんです？　今日は機嫌が悪うございますねえ」と、ほっそりした白魚の如き手で左平次の猪口に酒を注ぐ。片口にはなみなみと酒が入っていて、少しでも傾くとこぼれそうだが、お香が注ぐときは酒は揺れず、画のようにピタリと止まっている。

「知らねえよ。こいつに聞いてくれ」

お香は微笑みを浮かべ、清四郎にも酒を注いだ。薄らと紅を点《さ》している。人形のようなきれいな耳をしていた。美しいとはこういう上品な色香をいうのだと確信を抱き、清四郎の胸は高鳴る。

「でも、本当によく似てらっしゃる」清四郎を見つめてお香は言う。

「似てる？」

「お父さまにそっくり」

「それを言うんじゃあねえ。だから俺の機嫌が悪くなるんだ」

ほほほとお香は声をあげて笑った。

「そうそう。うちにいらしてはいつも小競り合いなさっておいででしたねえ……懐かしいこと」と、お香は沁み沁みとした様子になった。

「そんなに私は父と似ていますか」

「ええ、ええ。何もかも似てるんじゃあないですか。ねえ左平次さん」

「……そうよ。俺あ初めてこいつを見たとき、いや、声を聞いたとき驚いたんだ……あのバカ。俺より早く逝きやがって」左平次は酒を呷《あお》る。

「女将さーん」お花の声が響き渡った。

「はいはい、すぐに参りますよ。では仲良く飲んで下さいまし」笑顔を残してお香は去って行った。

周囲の喧騒をよそに、この二人の場だけ、沈黙が続いた。左平次はむっつりと黙り込み、月見の飾りを眺めながら酒を飲んでいる。三方の白い団子が月明かりに青白く映じていた。

清四郎は左平次を見ながら酒を飲むしかなかった。彼は左平次の言葉を待っていた。何を考えているのかと想像しようとしたが、皆目見当もつかない。ただこうして父親と一緒に飲んでいたのだと思うと、言葉にできない感慨を覚えた。

すぐ後ろで飲んでいた四、五人の人足らしい連中の間から大きな笑い声があがった。

「ったく、あいつあどうしようもねえ野郎だぜ。てめえが神さまか何かだと勘違いしてやがんだ。偉そうにして俺たちをこき使いやがってよお」

「しょうがねえよ。あの野郎がいなけりゃあ俺たちゃあ干からびちまわあ」

「ちげえねえや。でもよ。世の中、ここの女将みてえな観音さまはいてもよ、神さまはいねえよなあ」

「そうそう、ろくでなしはいても神さまはいねえや」

男たちはまた笑い合った。

それを聞きながら、清四郎は左平次が同心を辞める際に人偏を取ったという、駒野の話を思い出した。

「左平次さんのさの字はもともと人偏があったものを、同心をお辞めになられるときに取ったんですよね」

その瞬間、左平次はカッと目を見開いて清四郎を見た。てっきり怒鳴られると清四郎は身構えたが、酒で濡れた左平次の唇はなかなか開かない。

「神さまにでもなろうとしてらしたんですか？　それで人偏を外されたのですか？」

思いつきではあったが、極めて真面目に、清四郎は問うてみた。左平次は一つ小さく唸り、片口の酒を猪口に注いで呷った。

「ふん、神さまなんて冗談じゃあねえ……ふざけんじゃあねえや」左平次は猪口を見つめたまま、呟くように言った。

だが今の清四郎にとって、左平次は神さまにしか見えなかった。けじめをつけなければと思い、膳を脇に退けると両手をついて頭を下げた。

「私はこれから……左平次預かりの佐々木清四郎にございます。何卒よろしくお願い申し上げます」

長い沈黙が続いた。やがて左平次は懐から銭を取り出し、膳の上に置いて立ち上がった。上目遣いに清四郎は見たが、左平次は見向きもしないで店を出て行った。

やれやれと清四郎は思う。あらためて現実を突きつけられたようで、ため息を吐くしかなかった。この分だと左平次と打ち解けるには相当の時を要するだろう。

そんなところへお香が来て、

「お父様同様、仲のよろしいことで、安心いたしましたよ」と、食器を片付けながら言った。

「女将の目はどうかしている。左平次さんは私と仲良くしようなんて、これっぽっちも思ってやしないよ」

「あらそうでしょうかねえ……ああ見えて心根はとてもお優しい方なんですよ」

「ふん、あの人のいいところは仕事ができるってことと、犬を可愛がってることくらいだ。いや、可愛がってるかどうかもわからんぞ。裏では引っ叩いてるかもな」

「ご冗談を」お香は手を止めた。「犬って大きな白い犬のことでございましょう？」

「そうだ」

お香はフフッと笑った。

「若旦那、憶えていらっしゃらないんですか？」

「何をだ？」

「子どもの時分に犬をお拾いになったでしょう？」

そう言われて清四郎は思い出した。確かに七、八歳の頃、捨てられた子犬を拾って家に連れ帰ったことがある。だが清左衛門から「当家で如何なる生きものも飼うこと罷りならん」と厳しく叱責を受け、飼うのを泣く泣くあきらめたのだった。のちに妙から聞いたのは、「ふだんから亡骸に接しておられるお父様は、いずれ死にゆく生きものの姿を見たくはないのですよ」という話であった。

「それをどうして知ってるんだ？」

「この場でお父様が左平次さんにそのお話をされていたんですよ」

そこまで聞いて、清四郎はあっと声をあげそうになった。

「まさか、あの犬はそのときの犬なのか？」

「さようでございますよ。『じゃあ俺が引き取って育ててやる』と左平次さんが申されましてね」

「そんなこと……」

「お父様はちっとも仰らなかったでしょう？　それは左平次さんが口止めなさったからですよ。ご自分のいいところはなかったことにしたいっていう不思議なお方でね。信じられないでしょうけど、本当に情け深いお方なんですよ」

それを聞いて清四郎は、いても立ってもいられないような心持ちになった。とにかく左平次と会い、何だかよくわからないが、「今後も何卒よろしくお願い申し上げます」と、無性にもう一度頭を下げたくなってきた。

清四郎はお香に代金を払うと表に飛び出した。そして左平次の後を追って行こうとしたのだが、近くに立つ小柄な人影を見つけて足を止めた。小柄な人影はこちらをじっと見ている。

「誰だ?」

声をかけると、灯りが届くところまで人影が近づいて来た。

白石屋の米吉だった。今にも泣き出しそうな顔で清四郎を見ている。

「米吉か。どうした。お前はもう放免になったんだろう?」

米吉はうなずいた。

「よくここがわかったな」

「番所で聞きました。左平次さまはここにいらっしゃるだろうって」

「そうか。で、左平次さんに何か用か?」

すると米吉は突然その場で土下座をした。

「申し訳ございませんでした!」

清四郎は米吉の前にしゃがんで、

「もういいさ。お前はもう罰を受けたんだ。気にするな」と、米吉の肩に手を置いた。

「でも、嘘をついてお里さんを……」

「もう言うな。済んだことを蒸し返すのは野暮だぞ」

米吉は袖で涙を拭きながら、

「左平次さまはどちらに」

「帰ったよ」

「そうですか」

「伝えたいことがあるなら俺に言ってみろ」

「ではお礼を……私の罪を軽くするようにと番所に掛け合って下さいました」

「そうだったのか」

いつの間にそんなことをしていたのだろうと、清四郎は内心驚いた。

「それから……」

「まだあるのか」

「新しい奉公先まで見つけてくださって……この子はとても賢い子だから使ってやってくれと頭を下げられ……左平次さまは、そんなことまでこんな私のために……私は

「……私は、本当に恥ずかしいことをいたしました……」涙に咽《むせ》びながら米吉は言った。

清四郎ももらい泣きしそうになるのを堪えながら、懐から手巾を出して涙を拭ってやった。

「もう泣くな。男が泣くのはな、おっ母さんがあの世へ逝ったときだけにしな」

「私には、ふた親ともおりません」米吉はよけいに泣き出した。

「そ、そうか、すまん。とにかくもう泣くな。お前はもう許されたんだ」

清四郎は米吉を立たせて着物の埃を払ってやった。だが米吉は泣き濡れながらも、毅然とした顔を清四郎に向けた。

「いいえ。私は許されてはおりません。左平次さまはこうも仰いました。『お里のことを忘れるな。お前は一生をかけて償うんだ。その気持ちさえあれば人の道を外れることはない』って……」

「……そうだな。左平次さんの言う通りだ。わかった。左平次さんには俺から伝えておいてやるから。今日はもう遅い。気をつけて帰りな」

「ありがとうございます」

米吉は涙を拭きながら去って行った。

清四郎の胸に、これまで味わったことのない慄えるような感動が湧き上がってくる。

（これこそが私の仕事だ！）

だが、そうは思ったものの、あれほどの男になれる自信などまるでない。富士山の頂上に立つ左平次を、麓《ふもと》から仰ぎ見る感覚であった。そして、左平次預かりをお願いするとかしないとか、そんなことはどうでもいいように思えてきた。

もう家に帰ろうと思い、清四郎は歩き出した。中秋の冷えた夜風が身に沁みる。月明かりに頼りなく照らされた夜道が自分の行く末を暗示しているようで、やり切れなくなった。

（俺は俺だ！）

清四郎は胸の内で叫ぶと夜陰の中へと飛び込み、猛然と駆け出した。

第二話　清四郎の恋

一

左平次《さへいじ》預かりとなって半月が経った。

清四郎《せいしろう》は次の仕事がいつ来るかと待っていたが、浅沼《あさぬま》から声がかかることはなかった。浅沼は毎朝定町廻りや臨時廻り同心たちの前に座り、訓示や仕事の割り振りをするものの、清四郎には指示がないばかりかろくに目も合わせようともしない。

この半月の間、何をしていたかといえば、駒野《こまの》の後をついて見廻りの補助をするとか、事件記録の整理をするとか、どうでもいいようなことばかりしていたのだった。

これはやはり左平次から、見込みがないと浅沼に伝えられたのだろうと、清四郎は勝手な推察をした。そのほうがいいと気持ちが楽になる反面、認められないという寂しい心持ちにもなった。

季節はすでに晩秋近くになっていた。南町奉行所から八丁堀《はっちょうぼり》の自宅まで帰る道すがら、決まってどこからか漂う焼き芋の匂いを嗅いだ。例年であればその匂いにつられて三つ四つ買い、持ち帰って食べるのだが、今年はそんな気にもならない。

　何だか体よく飼い殺しにされているようで、清四郎は我慢の限界に来ていた。今日明日にでも「左平次預かりを解いてください」と、浅沼に直訴しようかとすら考えるほどだった。

　その朝、庭の草木に水をやりながら、花開いた白い山茶花《さざんか》に見入った。秋から冬にかけて咲くこの花を、父親の清左衛門《せいざえもん》が褒めていたのを思い出したのだ。

「人間も辛抱して耐えておれば、冬に咲くこの山茶花のようにいつか花開く期が来る。お前も一人前になるまでは頑張れよ」

　清四郎が元服を間近にしたある冬の朝、清左衛門が山茶花の花を前にして諭したことがある。それを思うと、左平次に食らいついてでも学ばなければとも考えたりもしたが、今の彼には足が地につかないような、不安定さがつきまとっていた。

　煮え切らない気持ちを抱いたまま、清四郎は仙太《せんた》とともに奉行所へと向かう。本八丁堀《ほんはっちょうぼり》の通りを西に向かって歩きながら、

「もうすぐ冬でございますねえ」と、父の形見でもある御用箱を担いだ仙太が後ろから声をかけてきた。

「そうだな」と、清四郎は生返事を返すだけで、話はそれで終わった。

仙太も清四郎の心中を察してか、あえて左平次の話には触れないし、当たり障りのない言葉しかかけてこない。それがありがたいような腹立たしいような、清四郎にしてみれば複雑な心境であった。

弾正橋《だんじょうばし》を渡り、さらに西に進んで比丘尼橋《びくにばし》を折れて南に向かう。お濠沿いを歩き、数寄屋橋《すきやばし》を渡り、御門を潜ると、朝靄の向こうに南町奉行所の見慣れた門が見えてくる。門前に敷き詰められた砂利に朝陽が照り返し、白黒のなまこ塀に長屋門が荘厳に感じる。見習い同心になった頃は、それを見るたび胸が弾んだものだが、今は憂鬱になるばかりだった。

「何かあったんですかね」

仙太が門前を見て怪訝《けげん》そうに言った。

門前には同心や与力らの人だかりができている。清四郎はただならない空気を感じた。急ぎ足で近づいて覗《のぞ》き込むと、二人の番人が水を撒《ま》いて石畳についた血を洗い流している。

「何があったのですか？」

清四郎は傍《そば》にいた中年の同心に訊《き》いた。

「今朝早くここで腹を切った武士がいたらしいんだ」

「えっ、切腹ですか？」

「バカ、声が大きい。決して他言してはならぬという、平松《ひらまつ》さまからのお達しだ」

「すみません」と清四郎は言ったが、奉行所の門前での切腹など前代未聞であろうし、驚かないほうがおかしかった。

「おーい、清四郎！　ちょっと来てくれ」

門の向こうから声をかけてきたのは同じ定町廻り同心の相馬《そうま》平之進《へいのしん》だった。齢《よわい》は四十前後、小太りで丸顔、婿養子のために長年妻に頭が上がらぬ男だった。

きっと切腹に関することで呼んでいるのだろう。これは異常事態だと思いながら、清四郎は小走りで門の中へと入って行った。

亡骸《なきがら》は同心詰所裏の庭に寝かされ、筵《むしろ》ですっぽりと覆われていた。その周囲を定町廻りや臨時廻りの同心たちが取り囲み、眉を顰《ひそ》めて何やらヒソヒソと話し込んでいた。

「切腹した武士がいたと聞きましたが？」清四郎は相馬に訊いた。

「どうやら隠居した盗賊改の元同心らしいな」

「もうそこまでわかっているんですか」

「遺書があったんだよ」

「遺書……なぜこんなことを」

「そこまではわからん。遺書は今、浅沼さまが平松さまのもとへ持って行かれている」

駒野が歩み寄って来た。

「お前の後学のためだ。切腹の面がどのようなものか拝ませてもらえ」

「承知しました」

清四郎は亡骸のもとへ行き、しゃがむと手を合わせ、徐《おもむろ》に筵をめくった。そのとたん、カッと見開いた目が清四郎の目に飛び込んできた。半白髪の瘦《や》せた老人の顔だった。白濁した目は宙を睨《にら》みつけ、口がわずかに開いている。見るからに何かを訴えかけている凄《すさ》まじい形相であった。長く見ていられず、清四郎は再び筵を被せた。

盗賊改とは正式名を火付盗賊改方といい、火付けや盗賊などの重罪を取り締まり、長官には旗本がつき、若年寄の支配下に置かれた。町人や武士を問わず捕縛する権限があり、怪しいと見れば容赦なく捕まえ、拷問にかけて自白させることから、町人からは血も涙もない鬼と呼ばれ、毛嫌いされている面もあった。

清四郎は父親が、廻り方とはちがう盗賊改の非情なやり方をしばしば批判し、「悪人とはいえ心ある同じ人間だ。情けを持って接してやらねばならぬ」と言っていたのを憶えている。

「しかし、隠居しているとはいえ、盗賊改の同心がどうして番所の門前で切腹など……」清四郎が言うと、駒野は小さく笑った。

「それを探るのはお前の役目らしいぜ」

「え？」

ちょうどそこへ庭に面した廊下を歩いて来た浅沼の姿があった。心なしかいつもの笑顔に陰が差しているように見える。

「清四郎、ちょっと来てくれ」と言うなり浅沼は去って行った。

とうとうそのときが来たのかと観念し、清四郎は廊下に上がって浅沼の後をついて行った。

宿直の間に座るなり、浅沼は清四郎の前に書状の紙包みを置いた。切腹した武士の遺書であるらしい。

「まずはそれを読んでみよ」

「は」

清四郎は封じ紙を開いて遺書を読み始めた。

それによると切腹したのは盗賊改元同心、山本十太夫《やまもとじゆうだゆう》という武士だった。十太夫の息子、貞一郎《ていいちろう》も盗賊改の同心であったが、三日前、日本橋《にほんばし》材木問屋松前屋《まつまえ》に盗賊が押し入った際、盗賊の頭《かしら》に殺されたというのだった。

ところが十太夫によれば貞一郎は柔術も剣術も免許皆伝の腕前、武術においては盗賊改の中でも随一と呼ばれる存在であり、盗賊ごときに殺されるはずはないといい、これには何らかの謀《はかりごと》が隠されているのではないか、それを突き止めて欲しいと遺書には書かれていた。

本来ならば盗賊改にて詮議すべきところではあるが、長官は筆頭与力の報告によって事件は落着したものとして、訴えを門前払いにし、詳しく調べることはなかった。また、御目付にも届け出たが、証拠不十分として取り上げられることはなかった。よって本意ではないとしながら、自らの命と引き換えに月番の南町奉行所を頼りにするしかなかったのだという。

読み終えた清四郎は疑念を抱きつつ浅沼を見た。

「しかし、何も切腹せずとも、我らに訴え出ればよかったのではないですか？」

「盗賊改たるものが町奉行所ごときに頼みごとをするなど、不名誉とでも考えたのであろう」

「……自らの命を賭して我らに助けを請わなければならぬほど、追い詰められていたということですか」

「さよう。仮に我らに訴え、門前払いにされたとしても切腹したであろうな。つまり、同じ腹を切るならと、山本十太夫どのは望みのある道を選んだというわけだ」

浅沼は力のない微笑みを浮かべ、傍らに置いた急須を取って湯呑みに茶を注いだ。まだ湯を入れて間《ま》がないのだろう。もうもうと湯気が立った。

「飲むか？」

「いえ、私は結構でございます」

浅沼はひと口茶を啜《すす》った。

「さて、そこでお前を呼んだのは他でもない」

「左平次預かりでございますか」予想していたとはいえ、清四郎の表情が曇る。

「そうだ。平松さまを通じてお奉行にお伺いを立てたところ、ことのほか山本十太夫の苦衷に思いを寄せられてな。かと言って公《おおやけ》に動いては盗賊改との間に無用の軋轢《あつれき》を生む。ただでさえ日頃より牽制し合っておるのにそれは避けたいとのご存念じゃ」と
そこで話を切り、浅沼は清四郎の顔を見つめた。「どうした。浮かぬ顔をしておるな」

「いえ、そのようなことはございませぬ」と、笑みをつくって浮かべた。

「それならいい。すぐに左平次のもとへ行ってくれ。但し、慎重にことを運べ。決して軽はずみな真似《まね》をするなよ」

「は。承知　仕《つかまつ》りました」

清四郎は両手をついて頭を下げると遺書を懐に押し込み、部屋を出た。

二

左平次が住む幸町《さいわいちょう》の長屋の木戸を抜けると、数人の子どもらが駆け回って遊び、井戸端で女たちが談笑していた。彼女らは清四郎を見ると何ごとが起きたのかという顔で頭を下げる。

左平次の家の前では陽だまりの中、権助《ごんすけ》がのんびり寝そべっていた。ふさふさとした真っ白な毛に陽射しが当たって輝いている。清四郎はしゃがみ込み、権助の頭から背中を撫《な》でてやった。この犬があのとき拾った犬かと感慨深くもあったが、我に返って立ち上がり、左平次の家の戸を叩いた。

「左平次さん、清四郎です」

だが返事はない。

留守かと思ったが、清四郎は戸をそっと開けた。

左平次は部屋の隅にあぐらをかいて座り、背中を向けて書物に目を通していた。紙を捲《めく》る音がやけに大きく聞こえ、例によって声をかけるのも憚《はばか》られるほどの気を放っている。清四郎はしばらく左平次の背中を見守るしかなかった。

「人の家に勝手に入り込みやがって、おめえは盗人か？」

背を向けたままで不意に左平次が言った。

清四郎は幸町の自身番で初めて会ったときの左平次を思い出した。苦い気持ちが甦り、緊張を覚える。

「浅沼さまより仕事を仰せつかって参りました」

左平次は首筋をほぐすように拳で叩きながら、清四郎のほうに体を向けた。清四郎はてっきり睨みつけられるのかと思ったが、意外にも左平次の表情は柔らかだった。

「だからよ。俺は浅沼さんからの依頼を断ってるんだ。左平次預かりなんざあまっぴらごめんだってな。お前さんにも前に言ったよな」

「そう仰《おつしや》られても困ります。私は浅沼さまに命じられて来たのですから」

清四郎は部屋に上がり、左平次の前に座ると山本十太夫の遺書を置いた。

「今朝、番所の門前で盗賊改の元同心が腹を切って自害しました。これはその者の遺書です」

左平次は興味を持ったのか、遺書を手に取ると読み始めた。読むうちに左平次の顔色が変わりゆくのを清四郎は見て取った。読み終えると左平次は黙って煙草盆《たばこぼん》を引き寄せ、煙管《きせる》に火をつけた。

「仙太はもう走らせてるんだな」

「はい。まずは山本十太夫の息子、貞一郎について探らせております」

奉行所を出る前、左平次ならこうするだろうと思ってやったことだった。

「盗賊改か。面白《おもしれ》えじゃあねえか」

左平次は鼻で小さく笑って煙を吐き出すと、何か思い入れがあるように、遠いところを見る目つきになった。

「だが盗賊改側にバレたら厄介だ。長官ならお奉行が上の身分だが、その上の若年寄までは抑えられんからな」独り言のように左平次は言う。

「浅沼さまはそれを案じられて、軽はずみな真似はせぬようにとのことでございました」

「ふん、それはおめえに言ったんだろう」

左平次はジロリと目を動かしたが、煙管の灰を灰吹に落としただけでそれ以上は言わなかった。

それから左平次は再び遺書に目を通し、沈思した。清四郎は手持ち無沙汰になり、あらためて部屋の中を目で追った。どこにでもある長屋の部屋だった。茶簞笥《ちゃだんす》があり、枕屏風《まくらびょうぶ》の向こうには寝具が積まれている。へっついの棚には鍋や茶碗、木椀などの食器類が載っていた。そのうち茶簞笥の上に置かれた小さな仏壇に目が留まった。中には大小の位牌《いはい》が三つ並んでいる。左平次のふた親のものだろうかと眺めていると、

「おい」と、怒気を含んだ左平次の声がした。

「ここに何をしに来やがった」

「え……」

「叩き出してやろうか」

声音を抑えてはいるが、左平次は真剣だった。いつもの清四郎なら熱くなって言い返すところだが、不思議に落ち着いていた。

「申し訳ございません」と頭を下げた。

清四郎にはわかっていた。左平次の怒りの理由は明らかに、清四郎が仏壇を見ていたことだと。きっと触れてはならないものに触れたのだ。

左平次は遺書を置いて腕組みし、目を閉じた。清四郎は平静を装ってはいたが、内心では胸を撫で下ろしていた。

「失礼しやす。仙太でございます」

表から声がした。

「おう、入《へ》えりな」

目を開けて左平次が言った。

仙太はおずおずと入って来たが、まだ息が切れていて走り回っていたのは確かだった。

「ご苦労だったな。水でも飲むか」

「いえいえ。ほんの二里ばかし走っただけでさあ」

「まあ上がれ」

「へい。では失礼しやす」

仙太は上がって正座をするなり、山本貞一郎について語り出した。

「仕えていた小者から聞いたんですがね。親父の書き残した通り、息子は盗賊改の中でも飛び抜けて武術のできる御仁だったそうで、仕事も真面目にこなして手柄も数多くあげていたようです。三年前に妻を娶《めと》ったそうですが子はありません。母親はすでに亡くなって、隠居した父親と三人で暮らしていました」

「押し込み当日のことは何か聞いたか」清四郎が訊いた。

「それが、その日は何でも密告があったとかで、急に上役の筆頭与力、岡田《おかだ》新吾《しんご》から呼び出しがかかったそうで、捕物の仕度をして日本橋の本材木町《ほんざいもくちょう》の材木商、松前屋に出向いたところ、盗賊の頭にやられたそうです」

「密告か。なら盗賊の名もわかっているな」腕組みをしたままで左平次が言った。

「千住《せんじゅ》の弥助《やすけ》だそうですが……弥助は山本貞一郎を殺した後、岡田に斬り捨てられております」

「殺されたのか?」思わず清四郎が言うと、仙太は目顔でうなずいた。

「弥助の手下は七、八人いたそうですが、二人が盗賊改によって殺され、残りは逃げられたそうです」

「生け捕りはなしか……」

「へい。話を聞いた小者も悔しがっていましたぜ。山本貞一郎ほどの腕があれば、盗賊が十人かかってもかなうはずはねえって」

「ではこれより松前屋に出向いて今一度事件を検めましょう」清四郎は左平次に言った。

「ふん、当たり前の話をするんじゃあねえよ」

「あ、いやその前にちょっと――」と言ったのは仙太だった。

「その前に何だよ」

「腹ごしらえなんぞをしてはいかがかと」

言われて清四郎は急に空腹を覚えたが、

「まあそうしたいのは山々だが、例えばこれからお前が、みくらに走ったとしてもだ。

半刻はゆうにかかってしまうぞ」と、左平次の顔色をうかがいつつ言った。

左平次は笑った。

「仙太おめえ、帰る道すがら、もう頼んで来やがったな」

「へへへ。朝から走り通しでどうにも腹が減っちまいましてね。気がついたらみくらの前にいたんでさあ。あ、いや、手早くつくれるもんでいいって言っておいたんで、鰻《うなぎ》なんてぜいたくなもんは頼んじゃあいませんからご安心を」

「何だ鰻じゃあないのか」と言った清四郎を左平次は睨んだ。

「男なら出されたものを黙って食え」

「しかし、美味いものを食べるからこそ、仕事も頑張れるというものではありませんか」

「その根性がさもしいっていうんだよ。清左衛門はどんなに不味いものだって美味そうに食ってたぞ」

「ち、父と私とはちがうんです。一緒にしないでください」

「まあまあ。喧嘩したら飯がよけいに不味くなりますぜ」仙太が二人の間に割って入るようにして言う。

左平次の笑い声が弾けた。

「ちげえねえや。仙太はお前にはもったいない小者だよ」

清四郎は苛《いら》立《だ》って仕方がなかった。

「お花《はな》よ、そこにいるんだろ？　喧嘩はもう終わったぜ。さっさと飯を置いてけよ。冷めちまわ」

左平次が言うと、障子戸がゆっくりと開いて岡持ちを提げたお花が入って来た。

「お待たせしました」と言って上がり口に岡持ちごと置いた。

左平次は例によって懐から手間賃の四文銭を取り出し、お花に渡した。

「店が仕込みで忙しい時分だろうにすまなかったな」

「いいえ。ありがとうございます」

お花は頭を下げ、ちらっと清四郎に視線を送ってから恥ずかしそうに出て行った。

清四郎はお花を見るたび大八車で送られたことを思い出し、ほろ苦い気持ちになる。

「さ、早いとこいただきましょう」

仙太は岡持ちを開け、たくあんの小皿が載せられた蓋付きの丼鉢を三つ取り出していった。出汁のいい匂いが漂う。清四郎は「いただきます」と手を合わせるのもそこそこに、丼の蓋を開けた。それは刻んだ油揚げとネギを卵で綴《と》じた丼だった。

「何だこれは」

思いのほか質素な丼に、清四郎は期待外れの声をあげる。

「あぶ玉丼だよ。お前のは大盛りだけどな」

かき込みながら左平次が言った。

「あぶ玉丼……」

「油揚げとネギを卵で綴じた丼ですよ。吉原《よしわら》なんかでよく食ってますけどね」

「吉原……」

清四郎はがっかりした。鰻丼が大関なら、このあぶ玉丼は序の口といったところだろうか。

「いらねえなら俺が二つ食ってやろうか」

見れば左平次はもう半分ほど食べ進んでいる。

「た、食べますよ。食いもんに不平不満を言っては男が廃るというものです」

清四郎は丼に箸を入れ、たっぷり具とご飯をすくって頬張った。何とも言えない品のある出汁の旨味が口の中に広がる。甘味のある油揚げに卵が絡み、そこにキレのあるネギの味と渾然《こんぜん》一体となって絶妙な美味さを引き出していた。

「美味い……」

「みくらの料理は京仕込みと聞きましたがね。なるほど醤油ではなくて出汁で食わせますねえ」と、仙太も感心しきりだった。

「お前らうるせえよ。黙って食え」

左平次はすでに食べ終わり、平然と楊枝で歯をせせっている。

清四郎は食べながら思わず笑みを漏らした。味に一番うるさいのは、みくらの常連である左平次ではないかと思ったからだ。だがその笑みもすぐに消え去った。これから押し込みのあった現場に向かうのだと、気を引き締めた。やるからには左平次に対し、少しは進歩したところを見せねばと密《ひそ》かに思ったのだった。

三

松前屋は日本橋川と京橋川《きょうばしがわ》を結ぶ楓川《かえでがわ》の西側、本材木町二丁目にあった。店の表には所狭しと木材が立て掛けられ、買いつけに来た客と店の者が談笑している。傍らでは人足が大八車に木材を積んで荒縄で縛っていた。清四郎は真新しい木の匂いを嗅ぎながら、左平次と仙太とともに店の中へと入って行った。

清四郎が手代らしい若い男に、先だって起きた押し込みについて尋ねたいことがあると伝えると、奥から与兵衛《よへえ》と名乗る主人と番頭が出て来て「ご案内いたします」と言い、家の中へと通されたのだった。

「あれは暮れ六つくらいでございましょうか。店を閉める少し前のことでございました。岡田新吾さまと申される、盗賊改のお役人さまが配下の方々を引き連れてお見えになられ、この店に今宵《こよい》盗賊が押し入るとの密告があったゆえ、警固をするという申し出でございました」与兵衛は歩きながら話し続けた。

左平次は与兵衛の話などそっちのけで家の中の様子を具《つぶさ》に見ている。

「私どもが家の中にいては危ないということでございましたので、ひとまず使用人たちを含めたすべての者は、ふだんは材木置き場に使っております近くの空き地に避難しておりました」

「で、騒動があったのはいつ頃だったんだ？」清四郎が訊いた。

「とうに木戸が閉まっておりましたので、夜四つは過ぎていたでしょうか。その後お役人さまが手前どものもとにお見えになられまして、『盗賊は斬り捨てた、安心して店に戻れ』と仰られまして、皆で店に帰った次第でございます」

「その役人というのは岡田新吾だな」

「はい。そう伺っております。店の中で捕物が行われたなら後始末が大変であろうと思いながら帰りましたが、拍子抜けするほど以前のままでございました」

与兵衛は庭に面した廊下の途中で足を止めた。

「後から聞いたところ、庭で二人の盗賊が斬り殺され、この場で盗賊の頭と、それからお役人がお一人亡くなられたとのことでございました。まだそこに血の跡が残っておりますでしょう」

与兵衛が指差すほうを見れば、廊下にまだ赤黒い血の染みの広がりがいくつか残っている。

「それにしても店に押し入るには誰かが引き込まねばなるまい。店の中にそのような使用人がいたのか？」

「いいえ、おりません。お役人の話では、木戸に予《あらかじ》め細工が施してあったとのことですが、どのような細工であったかまでは存じ上げません」

左平次はしゃがみ込み、その染みをじっと見つめていたが、立ち上がってすぐ前の板戸を見た。

「この部屋は？」

「そこは使用人の布団部屋でございます」答えたのは番頭だった。

「入るぜ」

「どうぞ」と、番頭が板戸を開けた。

部屋には陽射しが入り込み、左右に積み上げられた布団が見えた。左平次は中に入ると奥へと足を進めた。そして突き当たりのところでにわかに這いつくばり、床板に顔を近づけた。清四郎には左平次が何をしているのか皆目見当もつかない。

「番頭さんよ、この店には子どもの使用人がいるよな」左平次が出て来て尋ねた。

「はあ、一人おりますが」

「すまねえが、ここに連れてきてくれるかい」

「承知しました」

「子どもがどうかしましたでしょうか？」

与兵衛が訊いたが、左平次は、

「今にわかるよ」と笑んだだけだった。

清四郎は左平次と同じように、しゃがんでもう一度よく廊下の血痕を見てみた。すると子どものものと思《おぼ》しき小さな足跡——踵《かかと》の一部分だけだが——が付いているのがわかった。

「これは……」

続いて清四郎は布団部屋に入り込み、これも左平次と同じように突き当たりで這いつくばり、床板に顔を近づけた。微かにだが、小便の臭いがする。清四郎は部屋を出て思わず左平次を見た。左平次は知らん顔をして庭を眺めている。

そこへ番頭が、年増の女中と、まだ七つ八つくらいであろう娘を連れてやって来た。娘は泣きじゃくっている。その様を見て清四郎はすべてを了解した。

「申し訳ございません！」

と女中は清四郎に頭を下げた。

「実はあの晩、晩ご飯の仕度で粗相をしたこの娘を罰として布団部屋に閉じ込めたのですが、外に出すのをうっかり忘れておりまして」

「何だと？　あの騒動の中、この子が店の中に残っていたというのか」と、与兵衛は驚きの声をあげた。

「申し訳ございません！　すべては私のしくじりでございます」

「まあまあ。無事ならそれでいい」清四郎は微笑んで言い、娘の前にあぐらをかいて座ると、手巾で涙を拭いてやった。

「泣かなくていいぞ。お前の名は？」

「……なつ」

「おなつか。俺を助けて欲しいんだが、頼みごとを聞いてくれるか」

おなつはこくりとうなずいた。

「よし、いいぞ。あの晩、お前がここで見聞きしたことがあるなら教えてくれないか？」

「……大きな声がいっぱいして、怖くなって、逃げようと思って、戸を開けて外を見たの」

「そうか。たくさんの男の人が喧嘩をしていただろう？」

「うん」

「それからどうした？」

「お侍さんが頬被りした泥棒を追いかけてここまで来たんだけど……」

「逆に泥棒にお侍がやられたんだな」

おなつは大きくかぶりを振った。

「ちがうのか？」

「そのお侍さんは後ろから捕まえられて、動けなくて、それで泥棒に刺されたの」

「後ろから捕まえた人の面を見たか？」

「暗くてわからなかったけど……」

「けど、どうした？」

「お侍さんの格好をしてた」

清四郎は驚き、思わず左平次のほうを見上げた。だが左平次は依然として知らん顔して庭を眺めている。

「つまりこういうことかい？」

清四郎は立ち上がり、仙太を羽交い締めにして見せた。

「追って来たお侍はこんなふうに捕まえられて、泥棒に刺されたんだな」

おなつは大きくうなずいた。

「それから、どうなった？」

「捕まえていたお侍さんが泥棒を斬ったんだ」

「そうか……」

清四郎は仙太から手を放し、愕然《がくぜん》と立ち尽くした。

(岡田が山本貞一郎を刺し殺すように仕向けたのか)

「お前、本当にそれを見たんだろうね。でまかせを言うと承知しないよ」と年増の女中はおなつの肩を摑《つか》んで言った。

おなつはしゃくり上げてまた泣き出した。

「ガキは大人とちがって悪賢い嘘はつかねえんだよ」左平次は言って振り向き、懐から一文銭を出しておなつに握らせた。「物覚えのいい、できた娘だ。大事にしてやんな」

おなつは泣きやみ、嬉しそうに一文銭を見ている。

「主よ。騒動の後、盗賊改は検分に来たかい？」

「いいえ。お見えにはなっておりません。しかし、これはいったい――」

「見たところあんたは信用のおける御仁のようだ。さぞ商いも堅いんだろう。それを見込んで頼みがあるんだが、さっきおなつが話したことを他言しないようにして欲しいんだ」

「……承知しました。お約束いたします」

「恩に着るぜ」

いつしか陽が傾き始めていた。風が舞い、じっとりと汗ばんだ清四郎の体を冷やした。

「手間あ取らせてすまなかったな」左平次はその場を後にした。

清四郎はまだ茫然としていたが、「若旦那――」という仙太の呼びかけで左平次に続いたのだった。

夕陽が地面を赤く照らしていた。歩く三人の影が長く伸びている。

「仙太よ、明日は千住に飛んで弥助にあたってくれねえか」左平次が言った。

「承知しやした」

「岡田と弥助に何らかの関わりがあれば、すべては岡田が仕組んだということになりますね」

「わかり切ったことを言うんじゃあねえや。だが今日はおめえちゃんと勘が働いたようだな。ガキの扱いもまずまずだ」

左平次に褒められて清四郎は悪い気はしなかったが、ここで喜んでは「浮かれてんじゃあねえや」と釘を刺されるだろう。

「いえ、まだまだです。娘の足跡に気づかなかったんですから」

「ふん、ケツの青い奴にそう易々と気づかれてたまるかよ。現場を見るにも年季がいらあな」

この人には何を言っても無駄になるのかと、清四郎はため息を吐きそうになる。

「仙太、今日はもういいぞ。疲れただろう」

「さようですか。ではお言葉に甘えてお先に失礼しやす。お二人ともみくらでごゆっくりなさってください」と、仙太は清四郎に目配せをして駆け去って行った。

よけいなことを言いやがってと清四郎は苦々しく思ったが、すでに左平次はずいぶん先を歩いていた。ついて行っても嫌な顔をされるだけだろうとは思ったが、嫌がらせをするという意味ではそれもいいかもしれない。清四郎は左平次からつかず離れず歩いて行った。

四

みくらは相変わらず人足や職人たちでごった返し、繁盛していた。注文の声があちこちから飛び交い、お香《こう》が笑顔で聞いて、調理場でひとり黙々と料理をつくる蔵三《くらぞう》に伝え、お花が小気味よい動きで料理を運んでいる。

清四郎がみくらに来るのは三度目だったが、この店の喧騒にも慣れ、逆に活力をもらうような気持ちになった。

左平次は座る席を決めているのだろう。やはり坪庭に面した一番奥の席に陣取った。すかさずその前に清四郎が座る。左平次はジロリと清四郎を見た。

「おめえ、誰がついて来ていいと言ったよ」だがその声音には刺《とげ》はなく、やむなしといった調子が籠もっている。

「私は自分の頭で考えてここに来たんです。誰の言いなりにもなりませんよ」清四郎は平気な顔で言った。

そこへお香が膳を運んで来た。膳にはすでに蕎麦《そば》猪口《ちょこ》と片口の酒が二つずつ載っている。

「いらっしゃいませ。若旦那、しばらくぶりでございましたね。お勤めご苦労さまでございます。さあどうぞ」と、片口の酒を清四郎の猪口に注いだ。お香のうなじから淡い花の香りがたち、清四郎は落ち着かなくなる。

「おめえ、まだ女を知らねえんだったな」

その様子を見て、左平次は独酌しながら言った。清四郎は口に含んだ酒を噴き出しそうになるのを必死に堪え、顔を赤らめた。

「な、何を急に。失礼ではありませんか」

ふふっと左平次は笑っている。

「そうですよ。知らなくったってお役目は務まりますでしょう？」

お香が大きな声で言うので清四郎はよけいに恥ずかしくなり、俯くしかなかった。

「女将は声がでけえんだよ。数少ねえ二枚目の客なんだからもっと労《いたわ》ってやらねえとな」

「え？　あ、あらまあ、ごめんなさいね。左平次さんがあんまり下品なことを言うものだからつい熱くなっちゃって……ほほほ」

笑って誤魔化しながらお香は去って行った。

「まあ、あれだ清四郎。女には気をつけろってことだよ」

清四郎はようやく顔を上げ、猪口の酒を一気に干した。

「まだガキなのは自分でもわかってますよ」

左平次はやれやれという顔で酒を舐《な》めている。

「お待ちどおさま」

お花が来て、豆腐を二つと、土瓶蒸しを清四郎の前に置いた。

「土瓶蒸しは女将さんからのお詫びですって。何のお詫びなんですか？」

「女将さんに訊けよ」

「だって女将さんも教えてくれないんですよ？」

「女将さんが教えないものを俺が言うわけにもいかないだろう」

「変なの」不満顔でお花は行ってしまった。

豆腐には焼き鮭のほぐし身が載り、柚子醤油がかけられていた。土瓶の蓋を開けると大振りの松茸に銀杏、海老、きんきの切り身が入っている。柚子と松茸の香りを嗅ぎながら、清四郎の機嫌はいっぺんに直った。

とりわけ添えられたカボスを絞って飲む土瓶蒸しは、旨味たっぷりで最高の味わいであった。ついさっきの屈辱などすっかり忘れて秋の味覚を堪能し、酒を飲んでいると、

「お前はわかりやすい奴だなあ」と左平次の呆れた声がした。「ま、そのほうがこっちは扱いやすいがな」言いながら美味そうに豆腐を突《つつ》いている。

この感じなら多少は突っ込んだことを訊いてもいいだろうと清四郎は思った。いや、いっそ嫌なことばかり訊いて仕返しをしてやりたくなった。

「明日はどうするんです？　仙太の探りを待っているんですか」

左平次は清四郎を睨んだ。

「仕事の話をするなって言うんでしょ？　でも段取りくらいはお尋ねしてもいいでしょう？　それとも私が勝手に動いてもいいんですか？」

「バカ野郎。勝手に動いたら承知しねえぞ。今回の相手は盗賊改だ。この前みてえなトウシロじゃあねえからな」

「では今後どのように調べを進めるのですか？」

「……おめえならどうするよ」

「そうですねえ……なぜ岡田が弥助に山本貞一郎を殺させたのか、その動機を探ります」

「だからそれをどうやって探るんだよ」

「岡田のもとに出向き、尋問すればいいのではありませんか？」

「けっ、おめえは学ばねえ奴だなあ。今朝、浅沼さんにどう言われたよ」

「あ、盗賊改に勘づかれてはならないのでしたね。では左平次さんはどうするおつもりなんですか？」

左平次はニヤリとした。

「岡田に話を聞くんだよ」

「え……」

左平次はスッと真顔になった。

「仕事の話はこれで終わりだ。酒が不味くなるから二度とするんじゃあねえぞ」

「はあ」

清四郎は左平次の考えていることがますますわからなくなった。ただ縦横無尽、横紙破りといった言葉がしっくりとくる。折り目正しかった父親とは正反対のやり方に思えてきた。ここでよく小競り合いをしたと聞いたが、それもわかる気がする。

ふと、切腹をした山本十太夫の鬼気迫る無念の表情が甦《よみがえ》り、箸を持つ手が止まってしまった。

「どうした」珍しく左平次のほうから声をかけてくる。

「いえ、今朝見た山本十太夫の顔を思い出しまして……やり切れませんね」清四郎は猪口の酒を呷った。

「おそらく貞一郎は一人息子だったんだろうよ」

「……しかし、追い詰められていたとはいえ、何も死ぬことはないと思いますけどね」

左平次は鼻でひとつ笑うと、勝手に土瓶の中に箸を入れ、銀杏を摘《つ》まんで口に放り込んだ。

「世の中にはな、命より大切なものがあるんだよ」

「ありますかね、そんなものが」

「あるさ。誇りというやつだな。それを踏みにじられたら生きている意味がねえ。だから命を賭けて闘うのよ」

「……そういうものですか」

「そういうものよ。おめえはまだ若いからわからねえだろうがな」

左平次は猪口に目を落としたまま、小声で言い、それきり何も話さなくなってしまった。

清四郎は左平次を見つめた。左平次は何か遠い記憶に思いを馳《は》せているかのようであった。父親とのことを思い出しているのかもしれなかった。清四郎は無性に左平次の過去が知りたくなった。だが今それを訊くときではない、まだ早い。自分が成長して、もっと左平次の懐深くに入らなくてはならないと思って耐えた。

清四郎がみくらで借りた提灯《ちょうちん》を提げて家に帰って来ると、門の前まで妙《たえ》が出て来て心配そうに待っていた。

「ずいぶん遅かったではありませんか」

「左平次さんと一献やってたんですよ」

「それならそうと、仙太どのに言付けておいてもらわないと、心配するでしょう」

「お竹《たけ》はもう寝ましたか」

「ええ。年寄りは夜は眠くて仕方がありませんからね。『お小言は明日の朝にさせていただきます』と言ってましたよ」

「お竹に言っておいてくださいよ。私はもう子どもではありませんと」

言いながら二人は門を潜り、敷石を踏んで式台へと向かって行った。

家に帰ると清四郎はまず仏間へ向かい、今日の無事を父親に報告するのを日課としていた。

清四郎は仏壇の前に正座して鉦《かね》を鳴らし、蠟燭《ろうそく》の灯りに浮かぶ位牌に向かって手を合わせた。

「お茶漬けでもどうです？」

後ろに座る妙が声をかけて来た。

「父上も飲むと茶漬けを召し上がりましたか？」

「ええ、よく召し上がりましたよ」

清四郎は妙のほうに向き直って座った。

「左平次さんと一緒に召し上がったこともありましたか？」

「ありましたとも」妙は微笑んで言った。

「母上、左平次さんはなぜ廻り方を辞められたのでしょう？」

妙の顔から笑みが消えた。

「それは私から申すようなことではありませんよ」

「なぜです？」

「なぜって……左平次さんがそれを望まれてはいないからですよ。本当にあなたが知りたいのであれば直にお聞きなさい」

「とても私に話してくれそうにもないですけどね」

「そうでしょうとも。左平次さんはそういうお人です。お父さまもね、『あいつは自分のことをきれいさっぱり捨てているんだ。俺はとてもかなわない』って、いつだったか仰ってましたよ」

「そうですか……」

「さて、ではお茶漬けの仕度をいたしましょう」妙はまた微笑んで立って行った。

自分のことをきれいさっぱり捨てている……言い得て妙だと清四郎は思った。台所のほうから食器の鳴る音が聞こえる。空腹を覚え、とにかく茶漬けを食おうと思い、清四郎は腰を上げた。

五

翌朝、清四郎が目覚めたとき、まだ夜は明けていなかった。やはり頭ではわかっているつもりでも、体が緊張しているのだろうと思った。左平次のせいにちがいない。

そもそも左平次に抗《あらが》おうというのが無理な話かもしれなかった。

朝食を食べる前、案の定、お竹の小言が始まった。いつどこで何をしているか、できるだけ妙に知らせるようにという。子ども扱いしないでほしいと言うと、お竹は、「そうしたいのは山々でございますが、大旦那さま亡き後、妙さまのご心中を察しますれば何卒お知らせ下さいますようお願い申し上げます」と、両手をついて頭を下げた。

清左衛門亡き後、望みは清四郎ただひとりであるという、妙の思いを代弁したのだ。お竹の言葉は清四郎の身に沁みた。

「わかった。以後気をつける」と清四郎が言うと、お竹はパッと表情を明るくして、「ですが、左平次さまとご一緒ということであれば不問にいたしましょう」と言うのだった。

お竹は左平次を買い被っているのではないかと思い、言い返したい気持ちもあったが、話がこじれるのも面倒で清四郎は黙っていた。

仙太は直接千住へと向かっているはずだった。清四郎はひとりで屋敷を出て、亀島《かめじま》川《がわ》沿いの往来を歩き、幸町にある左平次の長屋へと向かった。左平次が岡っ引の立場であれば、迎えに来いと言いたいところだが、そうなるにはあと何十年かかるのだろうと思い憂鬱になる。

木戸を抜けて左平次の長屋に着いた際、清四郎は思わず足を止めて一点に見入った。家の前で、左平次が権助と実に楽しそうに戯れていたからであった。しかも並の戯れ方ではない。左平次自身が犬の如く寝そべり、権助とじゃれあっている。間抜けな姿だと清四郎は胸の内で笑い、

「おはようございます」と、わざと大きな声をあげた。

ところが左平次は不様な姿を見られたと狼狽《ろうばい》するどころか、さらに権助と縺《もつ》れ合って遊んでいる。清四郎は拍子抜けするも、聞こえていないのかと思って再び、

「おはようございます！」と声を張った。

「おめえ、遅《おせ》えよ」

左平次は落ち着いた声で言い、権助を撫でながら立ち上がると着物についた白い毛を払った。だが清四郎は何刻に来いとは言われてはいない。理不尽に感じたが、言い訳しようものなら何をどう言われるか知れないので「申し訳ありません」とだけ言った。

「じゃ権助、留守を頼んだぞ」

清四郎になど見せたこともない満面の笑みで言って、左平次は歩き出した。

火付盗賊改方の与力、同心の組屋敷は四谷《よつや》にあった。八丁堀から四谷までとなると半刻以上は歩かなくてはならないだろう。だが左平次の足は恐ろしく速く、清四郎はついて行くのがやっとという有り様だった。もちろん左平次は無言で歩いている。ようやく清四郎がひと息つけたのは、四谷鮫《さめ》ヶ《が》橋坂《はしざか》の辻番所に左平次が立ち寄り、番人に岡田の屋敷の場所を訊いたときだけだった。

「おめえ、でかいなりしてるくせに情けねえな。同心は足腰が命だぞ」

辻番所から出て来た左平次は、息を切らしている清四郎に言った。彼は返す言葉もなかった。

岡田の屋敷は組屋敷の中でもひときわ大きかった。清四郎は年始には年番方与力の平松の屋敷に挨拶をしに行くが、せいぜい二間幅の長屋門で、ここはゆうに三間を超える立派な長屋門であった。よほど付届けがあるのだろうと清四郎は察した。

左平次はどうするのだろうと清四郎が見ていると、脇の潜り戸にもたれて襟に仕込んだ爪楊枝を取って歯をせせり出した。

「どうしますか？」

「待つんだよ」

面倒臭そうに左平次は言う。

「こちらから訪ねたほうが早いのではないですか？」

「まともに取り次ぐと思うか？」

「……確かに。番所の役人など相手にしないでしょうね」

「動くときは一番確かな手立てを考えろ。野良犬が餌に飛びつくみてえなみっともねえ真似をすんじゃあねえ」

その通りだった。口汚さはともかく、こうして教えてくれるだけでも進歩だと、清四郎は内心思った。

「おいでなすったな」

左平次が言うと、にわかに足音が聞こえて門が開き、三人の小者を従えた岡田であろう武士が出て来た。歳の頃は二十半ばと若く、勝手に中年の男を想像していた清四郎は拍子抜けする思いだった。

「もし――」左平次が声をかけた。

「何奴だ」四十がらみの小者が凄んで言う。

「南町奉行所の者なんだが、ちょいと岡田新吾どのに話があるんだ」左平次は気後れもせずズケズケと言う。

「何だと？　いきなり声をかけるなど非礼にもほどがあるぞ」

「それが火急の用でね」左平次はニヤリとして岡田のほうを見た。

さらに小者が抗議をしようとするところを岡田が手で制した。

「何の用だ」岡田が声をあげた。奥目で膨らんだ頬に小さな鼻が埋まったような顔をしていた。清四郎の肩ほどもない低い身の丈だったが、よほど武術の稽古で鍛えているのだろう、肩幅だけは恐ろしく広く、胸板も厚く、がっちりとした体格だった。

「先ごろ日本橋の材木問屋松前屋で起きた騒動についてお伺いしたいのです」清四郎が一歩前に出て言った。

「あれは我ら火付盗賊改方預かりの一件である。番所には何ら関わりのなきことよ」

岡田は清四郎を鋭く見据えて言い放った。

「盗賊に殺されたとする山本貞一郎の父御どのが、南番所の門前で腹を召された。息子の無念を番所の手によって晴らして欲しいという遺書を残されましてね」

岡田の顔色は少しも動かなかった。

「盗賊はその場で拙者が斬って捨てておる。すでに無念は晴らしたわ」

「それが、我らが今一度検分しましたところが、ことの一部始終を見ておった店の者がいたのです」

「バカな。そのようなはずが――」

「あったんですよ。布団部屋の中に女中見習いの娘が罰を食らって閉じ込められていましてね。戸の隙間から見ていたというのです」

清四郎の言葉に岡田は一瞬動揺の色を見せたが、すぐに鼻で笑った。

「その娘が何を見たかは知らぬが、我らの仕事に奉行所の不浄役人が首を突っ込むとは大した度胸だ。ま、せいぜい気張ってやるがいい。我らはお主らとちがって多忙でな。これにて失礼する」

と行きかけるのへ左平次が、

「松前屋に盗賊が押し入るとの密告はどこからあったんだい」と出し抜けに訊いた。

「それこそ教える筋合いはないわ」

「あんたと弥助とで決めたことじゃあねえのかい」

「……貴様ら、今に後悔するぞ」

「ああそうだ。お頭《かしら》の斎藤利道《さいとうとしみち》どのに左平次がよろしく言っていたと伝えといてくれ」左平次が言うと、岡田の顔色が明らかに変わった。

「お主、お頭を知っているのか」

「さあ、どうだろうな」

「ふざけるな」と吐き捨て、岡田は去って行った。

清四郎は急に不安になってきた。

「あそこまで言ってよかったんですか？」

「何が？」

「弥助と決めたことだなんて」

「俺はお前が先に女中見習いの話をしたから乗っかっただけだぜ。そうじゃなきゃあ言ってねえよ」

「え……」

「お前はほんとバカだな。あれじゃあ岡田に、お前がすべてを仕組んだ咎人《とがにん》だろうとあからさまに言ってるようなもんじゃあねえか」

「し、しかし、左平次さんは何も言わないし、止めもしなかったではないですか」

左平次は脱力したように全身でため息を吐いた。

「てめえは学ばねえ野郎だなあ。その首の上についてるもんは何なんだよ。頭だろ？　てめえの頭で考えて喋《しゃべ》ったんだろ？　俺の頭で考えて喋ったんじゃあねえだろ？　一度てめえが口に出したことはてめえでけじめをつけるんだよ。人のせいにすんなって。あ？」

いつしか左平次の目に濃厚な怒りが滲《にじ》んでいる。

清四郎の背中を冷たい汗が流れ落ちてゆく。木枯らしが刺すように顔をなぶって吹きすぎた。太陽はすっかり真上に上がり、二人の短い影を乾いた地面に落としている。左平次はそれきり黙って、ちぎれたような雲がところどころに浮かぶ空を見上げていた。

そこに息急《せ》き切って駆けて来た者がある。仙太だった。

「やっぱりこちらでしたね。左平次さんの家に行ってもいないんで焦りましたよ」

「貼り紙でもしときゃあよかったな」左平次は笑顔で言った。

「で、弥助のほうはどうだったよ」

「それが盗人《ぬすつと》稼業から足を洗って、もう三年ほどになってたっていうじゃあありませんか。しかも盗賊改の狗《いぬ》になってたんですよ」

「つまり、岡田の手先になっていたんだな」清四郎は思わず言った。

「ええ。弥助は五年前に捕まりましてね。獄門台に送られそうになったところを岡田に助けられたそうでして」

「命の恩人のためなら殺しもやるってか」左平次が言うと仙太はうなずいた。

「その通りでさあ」

清四郎は左平次を見た。

「つまり、弥助は口封じに殺されたというわけですね」

「わかりきったことを言うんじゃあねえよ」

「しかし、手先まで始末するとなると、よほどのわけがあって山本貞一郎を殺そうと考えたんでしょうねえ」

「だろうな……ところで仙太、おめえ一日見ねえうちにやけに太ったじゃあねえか」

と、左平次は面白そうに言った。

そういえば仙太の着物が膨らんで腹が出て見える。

「いえね、途中でどうにも腹が減ってきたんでこいつを買ったんですよ」

仙太は懐から大きな焼き芋を一つ取り出した。

「若旦那や左平次さんの分もありますぜ。昼飯もまだでしょう?」

清四郎は思わず生唾を飲み込んだが、左平次が、

「そいつを食うのはもうちょっと我慢しな。これから行かなきゃあなんねえところがあるんだ」

「どこに行くんです?」清四郎は怪訝に思って訊いた。

「鈍い野郎だなあ。せっかく四谷くんだりまで来たんだぞ」

「……あ、山本貞一郎の家に行くんですね」

「そうよ。女房からもわけを訊かねえとな。仙太、俺たちが貞一郎の家に行っている間、この近くの元鮫河橋表町《もとさめがはしおもてまち》の番屋を借りといてくれねえか。そこで芋をゆっくり食おうぜ」

「合点だ」と言って仙太は駆け去って行った。

清四郎は左平次の「俺たち」という言葉にときめいた。何でもない言葉だが、ともに探索をしているという実感がある。

左平次は歩き出した。清四郎はついて歩きながら、

「山本貞一郎の家はもうわかってるんですか？」

「うるせえよ」

「そうか。辻番所でついでに訊かれたんですね」

「黙って歩けよ」

ついさっきの冷や汗もすっかり忘れ、清四郎は左平次と並んで張り切って歩いて行った。

六

山本貞一郎の妻、久栄《ひさえ》をひと目見たとき、清四郎の心が疼《うず》いた。透き通るような白い肌、円《つぶ》らな瞳に鼻筋が通り、紅も点《さ》さず化粧けもない。女というよりまだ少女の可憐さを宿していた。着物は黒の縞地に淡い紫の花柄の裾模様が控えめに入っている。子のない久栄は使用人にもすべて暇を出し、屋敷には一人で住み、あとは家名の断絶を待つよりほかないという有り様であった。

左平次と清四郎が訪ねた際、久栄はさして驚きも動揺もせず、二人を座敷に招き入れた。家の中の家財道具はすでに処分したのかほとんどなく、がらんとしている。

前に座る久栄は、左平次がものを尋ねている間、手巾を握り締め、ずっと涙にくれていた。清四郎には涙だけでなく、頬の後れ毛までが哀れに感じられた。

「じゃあ旦那が誰かに恨まれるようなことはなかったし、そんな話をきいたこともなかったんだな」左平次は久栄をじっと見つめて訊いた。

「……ありません。あのひとはお勤めの話は一切なさいませんでしたから」

「上役の岡田新吾についていて聞きてえんだが、会ったことはあるよな?」

「はい。何度かうちにもお見えになられて、お勤めの話をされたり、あのひとと一献傾けたりしておられました」

「そうかい。ご隠居の山本十太夫が南町奉行所の門前で切腹したことを、岡田に伝えたかい？」

伏し目がちだった久栄がそのとき初めて目を上げた。

「お伝え申し上げました」

「だろうな。さっき岡田に会って話を聞いたんだが、切腹したと言っても少しも動じなかったからな」

清四郎はあっと息を呑んだ。確かに岡田は山本十太夫が切腹したと告げても動じなかった。

「で、これから御新造《ごしんぞ》はどうなさるおつもりで？」

「それは……」久栄はまた目を伏せ、「まだ考えておりません。ふた親も兄弟もない身でございます。頼る親戚もございませんし、どうすればよいのか……」と、しきりに後れ毛を撫でつけながら言った。

「お勤めのさなかの死となれば、火付盗賊改方の長官、もしくは若年寄さまよりそれなりの弔慰金が出たのではないですか？」

清四郎が訊くと、久栄は小さくかぶりを振った。

「確かに長官さまの使いの方が見えて、身に余るほどの弔慰金を持って来られましたが、お義父《とう》さまがお断りになられました。このお金を受け取れば息子の失態を認めることになると仰られて……」

「それは、気の毒なことでした」

思わず清四郎が呟くと、久栄が涙に濡れた目を向けた。目が合い、清四郎は思いがけずどぎまぎする。

「さて」と左平次が声をあげた。「大変なときに押し掛けてすまなかったな。時に仏間はどこだい。旦那とご隠居に手を合わせておきたいんだが」

「申し訳ございません。このような有り様で位牌すら用意できておりませんので……」

「そうかい。だったらしょうがねえな。ま、気を落とさねえようにな。命さえあれば何とでもなるさ」

「ありがとうございます」久栄はさらに泣いて顔を伏せた。

「見送りも結構だ。さ、清四郎、行くぜ」と言って左平次は腰を上げ、さっさと座敷を出て行った。

清四郎も大刀をつかんで慌てて立ち上がったが、久栄の様子が気にかかり、後ろ髪を引かれる思いで後に続いたのだった。

左平次と清四郎が元鮫河橋表町の自身番に入ると、焼き芋のいい匂いが立ち込めていた。

「ご苦労さまでございます」

長火鉢の焼き網に芋を載せて炙《あぶ》っていた仙太が笑顔で頭を下げた。すでに書役と番人には話をつけたらしく姿は見えない。

「お、あっためてくれたのか。気が利くな」

言いながら左平次は座敷に上がり、清四郎も上がって座った。

「ちょうどいい頃合いでずぜ。食ってください」

仙太は急須の茶を湯呑みに注ぎながら言った。

清四郎はまだ久栄の濡れた目を脳裏に残していたが、それをかき消すように目の前の大きな芋に手を伸ばして頬張った。

「どうでした？　成果はありましたか？」

「武士たるもの、ものを食いながらみだりに話してはならぬからな」清四郎は笑顔を浮かべて誤魔化した。だいたいの察しはついていたが、それを口にしたくはなかった。

「屁理屈言いやがって。仙太よ、岡田と山本貞一郎の女房はできてるぜ」

「えっ、本当ですか？　そいつあつまり……」

「岡田は邪魔になった山本貞一郎を殺したんだろうよ」

「へー、驚きですねえ」

「別に驚くこたあねえや。よくある話じゃあねえかよ」

清四郎は黙々と焼き芋を食べている。清四郎も薄々そう感じてはいたが、認めたくない自分がいる。彼の中では久栄が手籠めにされ、言いなりにさせられている画が思い浮かんでいた。

「できているというか、岡田は御新造に横恋慕して、力ずくで言いなりにさせたんでしょうよ」と言って清四郎は芋を茶で流し込んだ。

「だったらどうして俺たちにその窮状を訴えなかったんだよ」

「恥じ入っているんですよ」

「そんなふうには見えなかったがな」左平次はもう芋を食べ終え、例によって楊枝で歯をせせっている。

「じゃあこれから二人が逢い引きしてるところでも押さえて、動かぬ証拠を摑むってことですかねえ」

「ふん、そんな現場を押さえたところで証拠にはならねえさ。ただ独り者の男と女がくっついてるだけなんだからよ」

「そりゃあそうですけど、若旦那ならどうします？」

「……岡田より女房の久栄を落としたほうがいいだろうな」

「確かに、盗賊改の与力よりは扱いやすいかもしれませんねえ」

左平次は鼻で一つ笑った。

「何がおかしいんです？」

「おめえたちの中にある思い込みを捨ててるんだな。思い込みは間違いの始まりだ」

「ではどうするんですか」

「さあな。てめえの頭で考えろよ。今日はもう店じまいだ」左平次はたたきに下りて出て行った。

残された清四郎と仙太は、その後しばらく黙って焼き芋を食べ続けた。そのうち清四郎は何を食べているのかわからなくなってきて、芋を持つ手を下ろした。

「どうなさったんです？」

「……いや、久栄が気の毒に思えてきてな。身寄りもなく、これからどうするのか」

「そうですかい。でもね若旦那、大旦那さまがこう仰ってましたよ。探索をしている間の情けは禁物だって。そうなったとたんに正しい判断ができなくなるってね」

「うん。理屈ではわかるんだがなあ」

仙太は小さく笑った。

「大旦那さまも同じことを仰ってましたよ。理屈ではわかっているんだが、それができないのが人間というやつだってね」

「ふーん、そうか……」

「さ、食いましょうよ。明日は明日の風が吹く、でさあ」と言って仙太は焼き芋にかぶりついた。

「そうだな」

清四郎も一つ目を食べ終え、もう一つ手に取ってかぶりついた。芋の甘さが口の中に広がると、また久栄の目が頭に浮かんだ。

七

翌朝早く、清四郎の家に浅沼の使者が来て、奉行所に呼び出された。火急の用があってすぐに来いという。嫌な予感がした。心当たりがあるとすれば岡田の一件しかない。清四郎は朝餉も食べず、単身で奉行所へと走った。

詰所にも立ち寄らないで宿直の間に入ると、浅沼がすでに席に着いて湯気の立つ茶を啜っていた。清四郎が挨拶を済ませて顔を上げると、浅沼の顔が真顔で強張っている。清四郎は叱責を覚悟した。

「昨日、お奉行が若年寄さまからお呼び出しをうけた」

「岡田新吾の一件にございますか」

「さよう。何の権限があって町奉行所が盗賊改預かりの事件を、しかも落着した事件を探っているのかとな。あれほど内密に探索をするようにと申したのに、こともあろうか直に与力を問いただすなど言語道断。あまりにもずさんではないか」

「は……申し訳ございません。私が軽はずみでございました」清四郎は頭を下げた。

「ほう、珍しく殊勝だな」

「は?」

清四郎が顔を上げると浅沼は苦笑まじりにため息を吐いた。

「どうせ左平次の考えだろうが、あれほど釘を刺していたのに、こうなってしまっては探索も何もないだろう」

「確かにその通りですが、押し込みの現場を具に調べましたところ、岡田は手先の元盗賊、弥助を使って山本貞一郎を殺させたとわかりました」

「それはまことか？」

「はい。店の使用人が一部始終を見ておりました。それで、直に岡田にあたったのです」

「なぜそのようなことを」

清四郎は岡田が山本貞一郎の妻、久栄を手に入れようとして企てた卑劣な事件であろうという推察を述べた。

浅沼の顔からは笑みが消え、唸って黙り込んだ。

「山本十太夫が命を賭すのも無理はない事実が明るみに出たということです。これは盗賊改の腐敗を示す大変な事件ではございませんか」

「……さよう。だからこそ盗賊改はいかなる証拠を突きつけられても、その事実を認めようとはしないだろう」

「今一度お奉行さまから若年寄さまに、事情を申し述べていただくわけにはいきませんでしょうか」

浅沼はゆっくりと首を横に振った。

「平松さまが承知されないだろうな。公金を使い込むほどの不祥事ならいざ知らず、私的な痴情にまつわる小役人の不手際などで、お奉行を動かすわけにはいかぬとな」

「ではどうすればよいのですか？」

「このまま手を引くのがよかろう」

「それでは山本十太夫と貞一郎は犬死にも同然ではありませんか」

「致し方ない。この事件によって民やご公儀が害を被るわけではないからな」

「この件について探索をせよと命じられたのはお奉行であり、平松さまであり、浅沼さまではないのですか」清四郎はつい熱くなり、前のめりになって浅沼に訴えた。

「それは、盗賊がらみの不正があるやもしれんと考えたからだ。痴情のもつれであるとわかっていたなら捨ておいただろう」

「……しかし、切腹した者や殺された者の無念を考えれば」

「その無念を晴らすのは廻り方の領分ではない。お前の気持ちはわかる。だがお前が番所の仕組みの中で動いている以上、上役の命令には従わねばならぬ」浅沼は目を閉じ、腕組みをした。

これ以上何を言っても無駄だと清四郎は思った。

「承知しました。これより左平次さんのところに行ってこの件の打ち切りを伝えます」

清四郎は一礼し、座敷を出ると、詰所にも立ち寄らずに奉行所を後にした。気づけば御用箱を担いだ仙太がついて来ている。清四郎の尋常でない顔色から察してか、仙太は何も声をかけてはこなかった。

「仙太、探索は打ち切りだ」と、清四郎のほうから告げ、理由を話して聞かせた。

「若旦那はそれでも続けるおつもりですね？」心配そうに仙太が尋ねる。

「そうだ」

「しかし、そんなことをしたら」

「わかってるよ。廻り方を外されたって構わんさ」

仙太はうふっと笑った。

「なに笑ってんだ」

「いえね、だんだん左平次さんに似てきたと思いましてね」

「ふん、詰まらねえことを言いやがる」と言ったが、清四郎はまんざらでもなかった。

ふと、こんなふうにして左平次も同心を辞めたのではないかと思った。ある大きな事件を探るうちに上から圧力がかかり、辞めざるを得なかったのではないかと。いかにも左平次らしいとは感じたが、もちろん清四郎の推測が正しいかどうかなど、直接問うたところで答えるはずもないし、他に確かめる術もなかった。

清四郎が左平次の長屋に着くと、表では草を手にした子どもたちが権助の鼻先を突いて遊んでいた。だが権助は微動だにせず寝そべっている。その光景を見て清四郎は、これくらいの図太さでなければいい仕事はできないのかもと思いつつ、

「失礼します。清四郎です」と声をかけ、仙太とともに左平次の家の中へと入ったのだった。

左平次は例によって背中を向け、書物に目を通していたが、

「盗賊改が横槍を入れてきたかい」と言ったので清四郎は驚いた。

「よくわかりましたね」

「ふん、あいつらのやりそうなことだ」

清四郎は仙太とともに部屋に上がり、左平次の前に座ると、探索打ち切りの経緯を語った。左平次は清四郎のほうを向くと、煙草盆を引き寄せ、煙管を弄びながら清四郎の話を黙って聞いていた。仙太は清四郎の後ろに座り、左平次の表情を覗き見るようにしてうかがっている。

やり切れない調子で訴える清四郎に対し、左平次は能面のような顔を宙に向けている。清四郎が話し終えても左平次は長く沈黙を守った。

「私としましては、このまま探索を続けて事件の真相を詳《つまび》らかにしたいと考えており

ます」

痺《しび》れを切らして清四郎のほうが先に口を開いた。

左平次は煙管に莨を詰めると火を点け、目を細めて清四郎を見た。

「じゃあやんなよ」

「やります」

そこで話は途切れた。清四郎は左平次の言葉を待ったが、左平次は黙って煙草を吸っている。

「あの……では今後はどのように調べを進めたらいいか」

「自分で考えなよ。俺あ降りるからよ」

「え？　やらないんですか」

左平次は声をあげて笑った。

「やらねえよ。浅沼どころかお奉行や平松さんが辞めろと言ってるんだろ？　そしたらもうやる必要はねえだろうよ」

「しかしそれでは、山本十太夫、貞一郎親子の無念を晴らせぬではありませんか」

「バカ言ってんじゃあねえや。盗賊改の内輪揉めに付き合ってるほど、こちとら暇じゃあねえってんだ」

「しかし、一名は謀で殺され、もう一名はそのために切腹までしているんですよ。これではあまりにも」

「そのしかしをやめろってってんだろうが。探索に情は禁物だ。いや探索だけじゃあねえ。情というやつはな、判断を誤らせるんだよ。相手に肩入れしたとたんに結論ありきになっちまう。いつも平らでいろって。真ん中にいて物事を見ろって言ってるだろ？」

「いいえ。今度ばかりは承知できません。このままではすべては闇に葬られて、バカな親子がいたというだけになってしまいます」

「それでいいじゃあねえか」

「え……」清四郎は絶句した。

「世の中というのはそうやってうまく収まるところに収まるもんなんだよ。波風立てないで忘れ去られるのが一番だ」

平然と言う左平次に、清四郎は膝に置いた拳を固く握りしめた。言い知れない熱い怒りが肚の底から湧いてくる。

「よくありません！　左平次さんは間違っています！」

「ああ、間違ってるよ。お前はまだガキだからわからないだろうが、大人の世界というのはほとんど間違いでできているのさ」苦笑して左平次は言った。

さらに抗議しようとする清四郎の袖を、仙太が後ろから引っ張った。

「若旦那あ、左平次さんには左平次さんのお考えがあるんでさあ。ここでやり合ったって埒があきませんや」

「何だと？　お前は左平次さんの味方につくのか？」

「味方とか敵とかそういうんじゃあ――」

大刀を引っつかんで清四郎は立ち上がった。

「もういい。俺ひとりでやる」吐き捨てて清四郎はたたきに下りた。

「いいか、清四郎」

清四郎は思わず足を止めた。

「この事件は下手に首を突っ込むとお前の命に関わる。やめておけ」その声はとても落ち着いていた。

だが清四郎は構わず、陽光に満ちた表へと出て行った。

清四郎は奉行所に戻る気にもならず、八丁堀の亀島川沿いをぶらぶらと歩いた。

晩秋の昼下がりだった。川面が陽の照り返しを受けて輝いている。わずかな荷を積んだ猪牙舟《ちょきぶね》がゆっくりと上ってゆく。櫓《ろ》を操る船頭の長閑《のどか》な唄声すら癇に障り、気がくさくさとして無性に腹が減ってきた。ひょっとして今頃左平次と仙太はみくらから鰻丼でも取り寄せて食い、楽しく将棋でも指しているのではないかと思うとやり切れなかった。

気づけば純子稲荷《じゅんこいなり》神社の鳥居前まで来ていた。子どもの時分には妙に連れられ、この神社まで来て参拝をしたものだった。町奉行所に勤める与力や同心、八丁堀に住む町衆の守護神として長年にわたり崇拝されてきた。

あれは父親が亡くなり、四十九日を終えた後のことだった。妙は清四郎をこの場に連れて来た。

「いいですか、この神社の御名は、『汚れのない純心な真心を子々孫々にまで伝え残すにふさわしく』という願いから名づけられたのです。お父上もそのように生きられました。あなたもお父上の志《こころざし》を引き継いで生きてゆくのですよ」

そう言って妙が滲む涙をそっと指で拭った姿を、清四郎はありありと思い出した。

一陣の寒風が吹き抜け、乾いた地面から砂埃が巻き立った。それを眺めていると、「ほっこりー、いもー、くりー、ほっこりー」と、伸びやかな売り声が聞こえてくる。

見れば路端で行商の親爺が筵を広げ、傍らに置いた七輪で焼いた、焼き栗や焼き芋を並べて売っている。このあたりでは珍しいことであったが、中橋広小路《なかばしひろこうじ》からあぶれて流れてきたのだろう。行商や振り売りというものは縄張りにはうるさかった。

腹が鳴る。清四郎は親爺に近づいた。親爺は清四郎を見ると驚き、慌てて品を片づけようとした。

「も、申し訳ございやせん。只今すぐに片づけてよそに行きますんで」

「いいんだ。俺は客だ。焼き芋を二つくれ。いくらだ」

「へ？　あ、ありがとうごぜえやす。十六文でございやす」

親爺は笑顔で焼き芋を二つ渡し、清四郎は三十二文の銭を払った。

「旦那あ、二つで十六文でございやすが」

「わかってるよ。お前、どうせ中橋広小路では商いをさせてもらえなかったんだろう？」

「はあ……さようでございやす。追い出されやして」

「ここで商いをしていて、もし誰かに言いがかりをつけられたら、南町奉行所の定廻り同心、佐々木清四郎から赦しをもらっていると言え」

「……それはもったいないことで。ありがとうごぜえやす」親爺は涙ぐみ、手を合わせて祈るように礼を言った。

「よせよ。野暮だぜ」

清四郎は焼き芋を一つ懐に入れ、ひと目も憚らずにもう一つを歩きながら頬張った。甘みと粘りのある芋が口の中いっぱいに広がると、清四郎は力が湧いてくるのを感じた。

（そうだ。俺だってこれでも一人前の廻り方なんだ。左平次さんなんかに頼らないでもやってやるさ）

清四郎は焼き芋を食べながら、これから久栄のもとを訪ねようと思っていた。久栄から岡田新吾に脅されたという真相を聞き出すことができれば、新たに局面を打開できるかもしれない。

最後の一欠片を口の中に放り込むと、清四郎は小走りで四谷方面へと向かった。

八

清四郎は息を切らしながら久栄の住む屋敷の門前に立った。あらためて眺めてみると、与力の岡田の立派な屋敷の長屋門とはまったく違い、片開きの木戸の小門であった。久栄の哀れさを象徴しているようだと清四郎は思った。

「ごめん！」

清四郎は大きな声をあげたが、屋敷のほうはひっそりとして人が出て来る気配はなかった。もう一度「ごめん！」と声をかけたがしんとしている。留守かと思い、落胆して引き上げようかと思い始めたとき、屋敷の中から微かな物音を聞いた。

清四郎は胸騒ぎを覚え、急いで木戸を潜り、式台から中へと入って行った。そして以前に通された座敷に向かった。

襖を開けて座敷の中を見るなり、あっと驚いた。今まさに久栄が短刀で喉を突こうとしていたのだった。清四郎は飛び込んで久栄の手から素早く短刀を取り上げた。

「バカ！　死んで舅どのや山本どのに申し訳が立つと思うのか」

久栄はわっと泣き伏した。

清四郎は落ちていた鞘を拾って抜き身を収めると、久栄の傍に座った。久栄はひとしきり泣くと、顔を上げ、清四郎を見た。久栄の泣き濡れた目に清四郎は胸が詰まった。美しさと切なさの入り混じったその目を、清四郎は長く見つめることができずに顔を伏せた。懐から手巾を出そうとしたところが、焼き芋を出してしまった。久栄はきょとんとして焼き芋に見入った。

「あ、いや、これは先ほど私が買い求めたもので……その、腹が減っておられるなら、差し上げても……」と、誤魔化して言うしかなかった。

久栄は涙を手で拭きながら笑った。清四郎は安心した。笑えるのならまだ大丈夫だろう。

「焼き芋はお嫌いか？」

「いえ、いきなり出されたものですから」

「なるほど。確かに焼き芋はおかしいですな」清四郎も笑った。

「でも、武家の女子《おなご》は、見ず知らずの殿方の前で何かを食べるなどできませんよ」

「それは私も同じです。しかし、見ず知らずでもありませんが」

久栄は清四郎を見つめた。

「なぜここに参られたのです？」

「確かめたいことがありましてね。回りくどく訊くのは私の性には合わんので単刀直入に尋ねますが、予《かね》てよりあなたは岡田新吾に言い寄られていたのではありませんか？」

久栄は目を見開いた。

「どうです？」

「なぜそれを……」

「わかります。あなたの口ぶりや様子を見ていたら」

清四郎が言うと、久栄は恥ずかしげに俯いた。

「何があったのか話してはくれませんか。決して悪いようにはしません。この山本家の無念を晴らすことなのです」

「……では申し上げます。あれは今年の夏の夜のことでございます。大きな事件が落着したということで、あのひとが岡田さまを当家にお連れしまして、そこでささやかな酒宴となったのでございます。そのうちあのひとがひどく酔って、横になりました。その後岡田さまは一人で飲んでおられたのですが、給仕をしていました私の腕を突然つかまれまして、そのままこの座敷へと連れ込まれて……」

「わかりました。みなまで申されるな」

清四郎はそれ以上聞きたくはなかった。岡田への激しい怒りの気持ちが体の中を駆け巡った。

「それ以後あなたは岡田より、不貞をしたと山本どのに言うぞと脅され、言うがままになったのですね」

久栄は俯いたままこくりとうなずいた。

「そして山本どのは殺された」

「えっ、殺されたのですか？」

「そうです。盗賊の仕業に見せかけるという岡田の罠《わな》にはめられたのです」

久栄は驚きの顔を上げた。

「そんな……」

「山本どのの死後、岡田に夫婦になろうと言い寄られてはおられませぬか」

「……その通りでございます。それで私は思い余って」

「これか」と、清四郎は手にした短刀を持ち上げてみせた。

「もとはといえば私が隙を見せたからでございます。こうなっては死をもって償うよりほかないと」

「およしなさい。あなたのやるべきことはそのようなことではないでしょう。しかるべき場で、岡田の非道を明らかにすることだ」

「佐々木さま……」

「だから二度と死のうなどと考えてはなりません」

久栄の目がみるみる涙で膨らんだかと思うと、その身を清四郎に預けて取り縋《すが》った。

清四郎は思わぬ展開にたじろいだ。だが彼の両手はしっかりと久栄を抱きとめている。

久栄のうなじから白粉の香りがたった。

久栄が清四郎に切ない眼差しを向けた。手慣れた男ならばこのまま久栄をものにしたかもしれないが、女に触れたこともない清四郎は、石像のように固まって何もできない。ただただどくどくと血が鳴り、胸が高鳴った。

暮れ六つの鐘の音が響いた。久栄が我に返ったように清四郎から離れ、胸を押さえて顔を背けた。

「申し訳ございません。はしたない真似を……」

「い、いや……気にしないでください」

「でも私は、嬉しゅうございます。これほど親身になって私のことを……久栄は嬉しゅうございます」

そう言って久栄は甘えるような視線を清四郎に投げかけた。

「案じられますな。後は私に任せておいてください」清四郎は立ち上がった。

「また来てくださいますか」

「……もちろんです。くれぐれも体を労わってくだされ」

久栄は感動の面持ちで居住まいを正し、両手をついて頭を下げた。

清四郎は笑顔でうなずき、大股で座敷を出た。

夕暮れの道を歩いて自宅に向かう間、清四郎はずっと岡田の振る舞いに憤《いきどお》っていた。

(岡田の非道を何としてでも明らかにして、裁きにかけねばならぬ)

左平次抜きでお前にそれができるのかと清四郎は己に問うてみる。だがいつまでも左平次頼みとあってはひとかどの廻り方になれるはずもない。必ずや動かぬ証拠を掴むのだ。その証拠さえ揃えば、いかに盗賊改といえども岡田を処分せざるを得ないはずだ。

清四郎の目は自然と往来を行き交う女中や物売りの女に向いた。縋りつかれたときの久栄の眼差しを思い出し、ときめきを覚えた。だがそれではいけないと思い直し、気を引き締める。

（さて、これからどうするべきか……）

岡田に直接事情を尋ねるのはもう不可能だった。ならば身辺を探ることになるのだろうが、盗賊改側に勘づかれないようにやるのは至難に思えた。左平次の険しい面が思い浮かんだ。左平次ならどうするだろうかとつい思ってしまう。清四郎は小石を蹴り飛ばして左平次への思いを断ち切り、家路を急いだ。

九

庭の片隅で数羽の雀が楽しげに遊んでいる。清四郎は庭の植木、草花に水をやる手を止め、雀たちをぼんやりと眺めていた。

「なっとー、なっとなっとー」遠くで納豆売りの声が聞こえている。

昨夜はとうとう一睡もできなかった。清四郎はこれからどう探索をしていけばいいのか、懸命に手立てを考えたのだが、妙案は浮かばなかった。ただ、思い切って盗賊改の長官に直訴するという無謀な策が脳裏を駆け巡っていた。十太夫の遺書をはじめ、おなつや久栄の証言、これだけの証拠が揃っているのだから少なくとも門前払いにはしないのではないか。

だがそれは同時に御役御免になるかもしれないという危うさを孕《はら》んでいた。廻り方を外される程度ならまだしも、同心株を取り上げられかねなかった。そうなれば町人に身を落とす境遇が待っている。それだけは何としてでも避けたかった。

そういえば左平次は、盗賊改の長官のことを知っているような口ぶりだったと思い出した。左平次を通して長官に直に訴えてみようか……いや、左平次の手はもう借りないと決めたのだ。そもそも長官を知っているなどハッタリかもしれない。

考えがまとまらないまま、妙には奉行所に出仕するという嘘をつき、家を後にした。もちろん行くあてなどない。ただ亀島川沿いを思案顔のまま歩き始めた。日は雲に覆われ、あたりは暗かった。冷えた秋風が身に沁みる。こうしている間にも左平次と久栄の顔が交互に浮かんでは消えていった。女の影に翻弄されるばかりで、何の知恵も浮かんでこないことに苛立った。

そのうち、誰かにつけられている気配を感じた。わずかに歩を緩めて確かめてみると、間違いなく誰かにつけられている。清四郎はいったん脇の露地へと入るとすぐに身を翻し、つけて来た者と対峙《たいじ》した。

それは仙太だった。決まり悪そうな笑みを浮かべ、清四郎を見ている。

「何だ、左平次さんに言われて私をつけているのか」

「ちがいますよ。あっしは若旦那にお仕えする身ですからね。おそばにいないとどうも落ち着きませんや」

「今回の事件に限ってはお前に暇を出す。落着するまでは家で女房孝行でもしてろ」

「そういうわけにもいかねえでしょう」

「じゃあ今後は左平次さんにお仕えしろ」

「困ったな……」

「困ることはないさ」

「そうじゃあないんでさあ……」仙太は何か言いたげだが言えないような顔をしている。

「何だ、言いたいことがあれば言えよ」

「……実は、書付を預かりましてね」

「書付？　左平次さんからか」

「いえ……それが、例の山本貞一郎の御新造からなんですよ」

「何だと？」

「いえね。今朝どうしたものかと考えながら若旦那のお屋敷まで来たんですが、御新造がいて声をかけられましてね。これを渡してほしいって」と、懐から書付を取り出した。

清四郎は素早く手を伸ばして仙太の手から書付を取り上げた。

「昨日は御新造とどんな話をなさったんで？」

「お前、勝手に読みはしなかっただろうな」

「読みませんよ。ほら、封じ目にちゃんと〆が入ってるでしょう？　ねえ若旦那、悪いことは言わねえ。こいつあきっとやばい事件ですぜ。左平次さんの言うように手を引いたほうがいいんじゃあねえですかい」

「このことは左平次さんには決して言うなよ」

「ああ見えて左平次さんは若旦那のこと、心配してますよ」

「心配なら手を引くなどせずに、俺に協力してくれるはずだ」

「だからこいつあ危ねえ事件だから」

「もう行けよ」

「けど――」

「行けと言ってるんだ」清四郎は声を荒らげた。

仙太は心底心配そうに清四郎を見ていたが、ため息を吐いて力なく去って行った。

清四郎は表通りに出て、仙太が確実に去ったのを確かめると、はやる気持ちを抑え、純子稲荷神社へと向かった。

境内《けいだい》に入り、人目がないうちに枯れ葉を踏んで脇の雑木林へ入った。そして握っていた書付を開いた。それは書付と呼べるほどのものではなかった。短い文でこう書かれていた――『本日申の刻　湯島天神仁王門前町《ゆしまてんじんにおうもんまえちょう》　茶屋もみじにて　ひさゑ』。

慄える手で書かれたような、か細い文字が清四郎の目をうった。何か重大なことを打ち明けられるのではないかと思い、胸が熱くなる。

（もし久栄どのから、夫の無念を晴らすべく、仇を討ってくれと頼まれたらどうしよう……いや、それだけにとどまらないのでは……？）

若さゆえの妄想が、とめどなく清四郎の脳裏に広がった。いずれの頼みごとでもないかもしれないが、密会をしようというのだから、何か覚悟があってのことにちがいない。赤子を背負った町人の女が鳥居を潜り、石畳を進んで本殿へと向かった。柏手を打つ音を聞きながら、再び母親の言葉を思い出した。

「いいですか、この神社の御名は、『汚れのない純心な真心を子々孫々にまで伝え残すにふさわしく』という願いから名づけられたのです。お父上もそのように生きられました。あなたもお父上の志を引き継いで生きてゆくのですよ」

邪な心は捨てなければと念じつつ、参道を行き来した。だが久栄の物憂げな顔を思い出すと、その念《おも》いがぐらつくのを感じる。理屈ではいけないことだとわかっていても、暴れ馬のような肉体がいうことをきかなかった。

（出たとこ勝負だ。もうどうにでもなれ）

そう思って神社を出ると、胸を張って歩を進め、湯島天神へと向かった。

十

待ち合わせの茶屋もみじは、不忍池《しのばずのいけ》に面した二階建ての古い建物で、その名の通り門前に植わった大きなもみじの木の紅葉が、燃え上がるように美しかった。また、周囲は松や杉の木に囲まれ、木立の隙間からようやく屋根瓦や木戸門の一部が見えるといった、密会するにふさわしい佇まいであった。相変わらずの曇天で、あたりの暗さも密会場所にはお似合いで、門前に立つ清四郎の胸は高鳴った。

だがこの期に及んでやはりいけないという思いが湧き、清四郎は踵《きびす》を返して戻りかける。

そのとき——

「ようこそおいでくださいました」と背中で声がした。

振り向くと門の向こう、玄関の前に年老いた女が立っている。

「佐々木さまでございますね。どうぞ中へお入りください」腰の曲がった、紺地の前掛け姿の主らしい年老いた女は、明るい声をあげた。

清四郎は女に吸い寄せられるように門を潜り、女の前へと行った。

「お連れさまがお待ちでございます」

お連れさまと聞いて、清四郎の胸が疼く。もう中に入るしかないと彼は決心した。

清四郎が通されたのは二階の八畳ほどの座敷だった。そこには障子窓を背にした久栄が俯きがちに座っている。傍らに畳んで置かれているのは紫色の頭巾だった。久栄は浅葱《あさぎ》色の絹地に浜千鳥があしらわれた小袖を着ている。落ち着いた雰囲気が大人の女を思わせた。部屋の隅に赤地の蒲団が畳まれているのが目を惹いた。

「ではごゆっくり」

年老いた女が笑顔で襖を閉めると、清四郎はしばらくその場に突っ立って久栄を見ていた。いや、見惚れていたというほうが正しかった。障子窓は開け放たれ、その向こうにくすんだ緑色の不忍池が見えている。

清四郎は、静かに久栄の前に座った。久栄は潤んだ目を清四郎に向けた。

「お酒でも召し上がりますか？」

久栄らしくない問いかけだと清四郎は感じ、戸惑った。

「……いえ、結構です」

何の用で呼び出したのかと問いかけたい気持ちを清四郎は抑えた。だが、何を語りかけていいのかもわからない。障子窓の向こうに曇り空が見え、日中だというのに部屋の中も薄暗かった。強くはないが、風がずっと吹いている。ふいに久栄が立ち上がり、障子窓を閉めた。部屋がいちだんと暗くなった。

「私はもう覚悟を決めて参りました」背を向けたまま、久栄は言った。

「覚悟？」

清四郎には久栄が何を言っているのかわからなかった。久栄が帯締めを解き、帯を解こうとして初めてその意味がわかった。

「ま、待ってください」突然のことに狼狽し、清四郎の声が大きくなった。

久栄は手を止め、ようやく振り返って清四郎を見た。

「何でございましょう」

「私は、そのようなつもりでここに来たのではありません」

「いえ、私はそのつもりで参りましたから」と再び帯を解き始めた。

「な、なぜこのような真似を――」

「私のことを救ってくださる佐々木さまに差し上げられるのは、これしかございませんから」

久栄は肌襦袢ひとつの姿になると蒲団を延べ、横たわって目を閉じた。

「私は廻り方としてそなたを救うのだ。見返りなど求めぬ」

「私のことがお嫌いですか?」

清四郎は息を呑んだ。

久栄は静かに顔を向こうにむけた。

「……私は、お慕いしておりますのに」

堪らず清四郎は久栄のほうへとにじり寄った。そして久栄に触れようと、慄える手を伸ばした。

　そのとき、隣室に続く襖がガラッと開いた。清四郎が振り返ると、そこには憤怒の表情の岡田が仁王立ちしていた。清四郎は驚きのあまり口を開いたまま声も出せない。

「貴様、こともあろうか職分に乗じて貞一郎の妻女を手籠めにしようとは、言語道断！　断じて赦せん！」

　久栄がスッと立ち上がり、岡田のもとへと駆け寄った。

「岡田さま！　お助けくださいませ！」

　清四郎は茫然となって腰を上げた。

「ま、待たれよ！　わ、私は決してそのような」

「ええい黙れ！　山本貞一郎に代わって成敗してくれる」

　岡田は抜刀するなり踏み込んで斬りかかる。清四郎はその刃をかろうじて避け、抜刀した。もちろん人を斬ったことなど一度もないが、剣術は幼い頃より父親に鍛えられ、腕に多少の覚えはあった。だが相手は百戦錬磨の盗賊改の筆頭与力であり、体から発する殺気は尋常ではない。清四郎はどうにか刀を構えて対峙するが、真剣勝負と思うだけで足が慄えそうになった。

　岡田はジリジリと間を詰め、清四郎を窓際へと追いやってゆく。一人前になる以前に殺されては、父親に申し訳が立たなかった。こうなれば死ぬ気で闘うよりほかあるまいと肚を括ると、二の太刀が来る前に気合もろとも清四郎が下段から払った。だが岡田は見切って後ろに飛び退き、逆に素早く清四郎の喉もと目掛けて突いてくる。

切っ先はわずかに届かなかったが、狼狽した清四郎は尻餅をついてしまった。そこにすかさず岡田が斬り込んでくる。一度のみならず二度三度と刀を振るう。刀を構えることすらできない清四郎は転がりながらかわしたが、浅く腕を斬られて痛みが走った。死が脳裏をよぎる。

部屋の隅に追い詰められ、これまでかと覚悟を決め、清四郎は最後の足掻《あが》きとばかりに目をつぶって刀を振り回した。

と、バリッと大きな音がしたかと思うと、天井から男がひとり降ってきた。

左平次だった。彼は目にも留まらぬ速さで岡田の腕を捻《ひね》って刀を奪い、その柄で岡田の鳩尾《みぞおち》へと強かに一発食らわせた。岡田は堪らず腹を押さえて倒れてしまった。

清四郎は立ち上がり、茫然自失の面持ちで左平次を見た。

「てめえ勝手な真似をしやがって。おかげで着物を汚しちまったじゃあねえか」

そう言って左平次は刀を投げ捨てると、着物についた蜘蛛《くも》の巣や埃の汚れを払った。

「どうしてここが――」

清四郎はやっと声をあげたが、言いかけてあっと気づいた。

どんな手を使ったのかはわからないが、きっと左平次がすべてを仕組んだにちがいないと察したのだ。

清四郎は天井を見上げた。天井板が大きく破れ、ポッカリと暗い穴が空いている。と、そこから遅れて仙太が飛び降りて来た。

「若旦那あ、ご無事でようございました」今にも泣きそうな声をあげ、仙太は懐から晒《さらし》を取り出して口で裂き、傷を負った清四郎の腕を素早く縛った。

「ったく、手のかかる野郎だぜ」左平次の声音に怒りはなく、安堵しているふうだった。

隣室では久栄が睨みつけるようにして左平次を見ていたが、パッと立ち上がると自分の脱いだ着物に飛びついて抱え、逃げ出そうとした。だがその前に左平次が立ちふさがった。

「御新造さんよ、若造を旦那みてえに始末できなくて生憎《あいにく》だったな」

久栄は唇を噛んで顔を背けた。

「左平次さん、それはどういうことです？」清四郎が訊いた。

「どういうことだ？　まだわからねえのか」

「若旦那はこいつらにいっぱい食わされたんですよ。岡田に手籠めにされただの、脅されただの、みんな嘘っぱちでさあ」仙太が吐き捨てた。

「し、しかし、私が屋敷を訪ねたとき、久栄どのは自害をしようと」

「バカ野郎。おめえが玄関で何度もでけえ声をあげればそんな猿芝居はいくらでもできるさ」呆れたように左平次が言う。

「久栄どの、それは本当ですか?」

「私は、岡田さまに言われるままやっただけのことでございます。すべては岡田さまがお決めになったこと」久栄は顔を上げ、清四郎に訴えた。

「どうだい岡田さんよ、この女の言ったことは本当か?」左平次は悄然《しょうぜん》と座り込んでいる岡田に声をかけた。

「それは……」

「ちがうだろう。山本貞一郎のときみてえに、久栄のほうから頼まれてやったんだろう?」

図星をつかれてか岡田は苦い表情で黙り込んだ。

「何を仰られます。私は岡田さまに頼まれて」

「その話は通らねえんだよ」

「通らないってなぜです？」清四郎が訊いた。

「実はね。若旦那が左平次さんの家を飛び出した後、あっしが先回りして御新造の屋敷に入り込んでみんな聞いてたんですよ。若旦那とのやりとりも、若旦那が帰った後で奥から岡田が出て来て二人で何を話したかもね」仙太が言うと、久栄と岡田は思わず顔を見合わせた。

「これもみんな左平次さんのお指図でやったことでしてね。あっしがあんまり若旦那のことが心配だ心配だって言うもんだから、左平次さんが『しょうがねえなあ』って……」

清四郎ははっとした。

「ではこの茶屋へ呼び出す文《ふみ》も……」

「若旦那と御新造、岡田宛それぞれに、左平次さんがお書きなすったものでさあ」仙太が言った。「それをあっしが若旦那にお渡しして、御新造の家に投げ入れた次第で……文面は確か『岡田新吾の悪事につき　お伝えしたき儀あり　本日申の刻　湯島天神仁王門前町　茶屋もみじに来られたし　佐々木清四郎』てなことでした」

清四郎は顔を赤らめ、固く拳を握りしめた。

「そんな……では左平次さんは私をはめたということですか」

「そうよ。そうでもしなきゃあ収まらねえだろ?」

「若旦那、左平次さんはね。若旦那が番所への不満をぶちまけたときから、こうしようって決められていたんですよ」

「私は心外です。このような真似をなさらなくても」

「なさらなくっちゃあ、おめえは間違いなく山本貞一郎みてえに殺されてたんだよ。この性悪の女に引っかかってな」左平次が言うと、久栄は悔しげに睨みつけた。

突然岡田が声をあげて笑った。

「とんだ三文芝居に巻き込まれたようだな。しかし、某《それがし》としてはあくまで山本貞一郎に代わって敵を討とうとしたまでのこと。先の事件とはまったく関わりないわ」

「さようです。私とて呼び出されたゆえ来たまで。身を捧げないでは何をするかわからぬお人だと恐れたからです」久栄も必死に言う。

「我らが仕組んだというなら確かな証を見せてみろ」開き直って岡田は言った。

「は? こちとらそんなこたあもうどうだっていいんだよ。清四郎を助けるためにやったことだ」

「どうでもいいって……」岡田が怪訝な顔になる。

「どうでもいいんだよ。てめえらがくっつこうが離れようが、邪魔になった夫を殺そうが、その親父が腹を切ろうがよ」

「ではどうしてこのような」

「だから言ってんじゃあねえかよ。俺あこの無鉄砲なボンクラ息子の命を救うためにやっただけなんだよ」

戸惑うような奇妙な沈黙が訪れた。

清四郎も混乱して何がなんだかわからなかった。

「だがな。傷は浅いとはいえ、そのボンクラ息子をてめえらは傷つけちまった。この落とし前はきっちりつけさせてもらうぜ」

「落とし前とは、どうつけるというんだ」警戒の面持ちで岡田が言う。

左平次はふっと笑った。

「斎藤さん、もういいですぜ」

仙太が廊下に続く襖を左右にサッと開いた。

廊下から土足でぬっと入って来たのは陣笠を被り、捕物の出立をした火付盗賊改方長官、斎藤利道であった。その背後には配下と思しき与力、同心、小者らがところ狭しと犇《ひしめ》いている。

「お頭……なぜ……」岡田が驚きの声をあげた。

「昨日、松前屋に押し入って逃げた弥助の手の者たちが潜んでいる場所を見つけたとの投げ文があったのだ。差出人は左平次の名でな」

「あ、忘れてた。もう一通書付を投げ込んでおりやしたね」と仙太が口を挟んだ。

「岡田よ、貴様は松前屋の事件につき、町奉行所の廻り方が我らの手柄を横取りすべく探索を始めていると申したよな」

「は、はあ……」岡田は両手をつき、苦渋の表情で平身している。

「しかも山本貞一郎は手練れの盗賊に討たれたと貴様から聞いたからこそ十太夫の訴えを退けたのだ。先ほど来の話を聞いておれば、わしに隠していることがありそうだの。此度の一件、今一度我が屋敷でじっくり聞かせてもらおうか。おい、女どもひったてい!」

同心や小者らが入って来ると岡田と久栄を縛り上げ、連れ去った。だが斎藤は一人残り、素知らぬ顔でまだ着物についている汚れを払う左平次を見ていた。

「左平次よ、これで借りは返したぞ」

「ふん、これしきのことで返せる借りかよ」左平次は小声で吐き捨てた。

「これしきとな? お主に言われて、空き家となった茶屋を見つけて、ここまでの仕度をする金を調達したのはわしだぞ」

「だからどうだってんだ。あんた方盗賊改の失態に比べりゃあ端金だ」

「……もう二度とわしの前に姿をみせるでないぞ。よいな」長官は悔しそうに吐き捨て、座敷を出て行った。

清四郎はまだ気持ちの整理がつかず、力なくその場に座り込んだ。

「清四郎よ、女には十分に気をつけろ。特に嘘つきの女はたちが悪いからな」左平次は清四郎を見て、静かに言った。

「……左平次さんは、いつからあの女の嘘を見抜いていらっしゃったんですか？」

「そりゃあ最初に会ったときからわかってたさ。話しながらやたらと手を動かして顔や髪を触るのは、何か隠しごとをしている奴だと思え」

清四郎は返す言葉もなかった。

「まあお前も今回はいい経験になったろう」

仙太は清四郎の前に正座をした。

「とにかくご無事でよろしゅうございました。もしものことがあれば、御新造さまや先代にあっしは何とお詫びをすればよかったか……」と言って仙太は滲む涙を指で拭った。

「あのー」茶屋の年老いた女が廊下に正座をしている。「左平次の旦那あ、もうよろしいかね」

「おう、ヨネ婆すまなかったな」

左平次は笑顔でヨネ婆と呼んだ女のもとへと行き、紙に包んだ小判一枚を渡した。

「ええっ、こんなにいただけるのかね」

「そりゃあそうだろう。そのおかげでバカひとりの命も助かったんだ。安いもんだ。どうせもとは俺の銭じゃあねえしな」

「ありがたやありがたや。これで当分内職をしないで済むよ」

「また何かあれば頼むぜ」

「こちらこそ。またご贔屓《ひいき》に」と言って頭を下げ、階段を下りて行った。

「あの婆さんはいったい何者なんです？」仙太が訊いた。

「その昔、盗賊の一味だった女だ。引き込みをやってるところを捕まってな」

「え……そんな女を使って大丈夫なんですかい？」

「あの女は嘘はつかないさ。亭主が首を刎《は》ねられてからは真っ当になったんだ」

「……そうですかい」

遠く、時の鐘が鳴り響いた。

「もうこんな時分か。俺あもう帰るぜ」

「へい。何から何までありがとうございました」仙太は頭を下げた。

「よしなって。俺あ水臭えのが嫌えなんだ」左平次は笑って出て行った。

障子窓に夕陽が映じて赤く染まっている。いつしか部屋の中は暗くなり始めていた。幾羽かの鴉が鳴きながら飛んでゆく。その声を聞きながら、清四郎はひどく物悲しいような心持ちになった。

「ああ見えて左平次さんはね、若旦那のこと、本当の息子のように思っていなさるんだ」

左平次の助けもなく、見境なく突っ走っていれば、きっと岡田と久栄の罠にはまって始末されたにちがいないと、清四郎は実感した。

「さ、若旦那、行きましょうぜ」仙太に促され、清四郎は立ち上がった。

「仙太、すまなかったな」

「詫びるなら左平次さんにしてくだせえ」

二人が茶屋を出ると、赤々と紅葉が照らされ、燃え立つような色を見せていた。不忍池も赤く染まっている。冷たい風が吹いて、清四郎の肌を刺した。彼は家で待っているであろう母親を想った。傷を負ったものの、こうして無事に帰れることに心からの安堵を覚えながら、清四郎は仙太と一緒に黙々と歩いて行った。

十一

その翌日、清四郎が平身し、ことの顚末《てんまつ》を打ち明けた際、浅沼は終始無言で笑みを浮かべて茶を啜っていた。あれだけの騒ぎを起こしたのだから、すでに盗賊改の長官からお奉行へと苦情が入っていてもおかしくはなかった。だが浅沼の表情からは、そんな苦々しい雰囲気は感じられなかった。

昨日自宅に帰ってから今朝に至ってもずっと、清四郎の中で何ともいえない恥ずかしさがつきまとった。奉行所に来る途中も、仙太とはほとんど口をきかなかった。ただ別れ際に仙太が「あんまり思い詰めねえでくだせえよ」と言ったのが、かえって清四郎の身に応えた。どこかでふんぎりをつけないといけない、このままでは気持ちが収まらないと思えば思うほど、それには左平次への詫びとお礼が必要だと思っていた。

冷静になって考えてみれば、知恵が足りずあさはかだった。その上、女にうつつを抜かすあまり自ら危機を招いてしまったことは明白で、慚愧《ざんき》の念に堪えなかった。

「まあ、命があっただけでもよかったではないか」

清四郎の話を聞き終えると、浅沼は静かに言った。

「は。こたびは誠に身勝手極まりない行動をいたしまして、南町奉行所の威信に傷をつけまして、面目次第もございません」

「……盗賊改の長官からお奉行に書状が届いておってな」

「は。私としましてはいかなる処分も謹んでお受けしまして——」

「こら。話は最後まで聞け」

「は」

「日本橋松前屋の事件についてあらためて詮議した結果、与力の岡田新吾の謀が露見したそうでな。その咎により岡田は切腹して果てたそうだ。これにより山本十太夫の訴えに報いたことになった。また、先だって若年寄を介してお奉行に抗議した件には、詫びを入れるとの由。もっともこれは、長官独自の裁断であって、若年寄の耳に入ってはおらんがな」

「はあ……」

「何だその面は。お前の苦労が報われたのだ。もっと喜べんのか」

「それで、その、山本貞一郎の妻はどのような……」

「死罪となるはずだ」

「……さようですか」

「直に手を下していないとはいえ、夫と義父を死に追いやったのだから当然の処罰であろう」

清四郎の中に何とも言えない、苦い気持ちがこみ上げてくる。女にうつつを抜かし、空回りしただけの自分の至らなさ、左平次におんぶに抱っこの状態であった体たらく、何の進歩もない人間だと呆れ果てた。

「以上だ。お前、顔色が悪いぞ。三日ほど暇をやるからゆっくり休め」

だが清四郎にはもうひとつ、確かめておきたいことがあった。

「おうかがいしたいのですが……左平次さんと盗賊改の長官とは、どのような関わりがあるのでしょうか」

「ん？　まあそれはいいだろう」浅沼は言葉を濁した。「いずれ教えてやる。ただ浅からぬ因縁があることだけは確かだ。こたびはそれが幸いしたということだな」

「……その因縁というのはどのような」

「だからいずれ教えると言っておろうが。以上で話は終わりだ。さっさと家に帰れ」

浅沼は微笑んで茶を啜った。

清四郎は晴れない気持ちのまま一礼してその場を辞した。

みくらに行くまで、だいぶかかった。奉行所を出てすぐに仙太を家に帰し、一人であてもなくぶらぶらと歩いた。ちゃんと左平次に謝っておかなくてはいけないと思いつつ、どんな顔をして会えばいいのかもわからなかったのだ。今さらのように、晒を巻いた腕がジクジクと痛む。

清四郎が亀島川沿いを歩き、ようやく南茅場町《みなみかやばちょう》に入った頃には日が暮れ、夕闇が迫りつつあった。

みくらに入ると、清四郎は真っ直ぐに左平次のもとに向かった。店は相変わらず繁盛している。茛や酒、料理の匂いが渦巻き、混沌としていた。お香が何か声をかけてきたが生返事を返すだけで、左平次の前に正座をした。もちろん左平次はいつもの豆腐を前に酒を呑んでいて、清四郎を一顧だにしなかった。

「左平次さん――」清四郎は両手をついた。

「よしな。酒がまずくならあ」左平次は豆腐を食べながら言った。

「いえ、そういうわけにはまいりません。こたびの一件につき」

「よせって言ってんだろうが。俺に悪いと思ってんなら黙ってろ」

「いらっしゃいませ」

お香が小さな土鍋と酒を運んで来て、清四郎の傍に座った。花の香りがして、清四郎はふっと心地よくなったが、いけないとすぐに戒めた。

「お香さん、今日は客として来たのではないんです」

「あら、そうだったんですか？　じゃあお仕事ですか？」

「いえ、そういうのではなくて」

「まったくうるせえ奴だなあ。終わったことをいつまでもグズグズ言ってんじゃあねえよ」

「しかし」

「またしかし、だ。本当にお前は清左衛門とそっくりだな」

「まあ一杯くらい、いいじゃありませんか」と、お香が片口を持ち上げる。

清四郎は仕方なく、猪口を手に取った。

湯気の立つ燗酒が注がれ、濃い酒の匂いがする。清四郎は一気に呷って干した。キレのある熱い酒が沁み渡る。

「小鍋もどうぞ。今日は若旦那の大好物だと思いますよ」

土鍋のほうから馴染みのある、美味しそうな香りが漂ってくる。

お香が土鍋の蓋を取った。それは卵で綴じた柳川だったが、具がどじょうではなく、鰻だとすぐにわかった。

「さ、お熱いうちに召し上がってください」

言われるままに清四郎は杓子《しゃくし》で鉢にすくい取って食べた。ふっくらとした鰻の身が卵をまとい、コクと品のある出汁と相まって旨味が広がる。

「美味い……」ため息のように口をついて出た。

「ほほほ、それはよろしゅうございました」お香が口に手をやって笑って言った。

「ふん、鰻で片がつきゃあ安上がりだよな」

「何があったのか知りませんけどね、とにかく嫌なことは呑んで食べて忘れるのが一番ですよ。ここの人たちはみんなそうなんですからね」

理屈ではそうかもしれないが、今の清四郎は鰻を食べて呑んだくらいでは忘れられそうにもなかった。

清四郎はもう一杯注ごうとするお香を制し、空いた猪口を見つめた。

「とにかく、こたびのことでは、己の無能さを痛感しました。情に流されて、正しい判断もできずに、危うく命を落とすところでした。事件の落着どころか足を引っ張って、愚か者でしかありません」

「……それでいいじゃあねえか」

「え？」思わず清四郎は顔を上げた。

「無能で、愚かで、バカでよ」

「ほほほ、バカはよけいですよ。ごゆっくり」お香はまた笑って席を外した。

左平次は清四郎を見ないで豆腐を食べ、酒を呑みながら、

「本当に無能で愚かな奴っていうのは自覚のない奴なんだよ。おめえはそれに気づいたんだ。それでいいさ。世の中、いい齢をして気づかねえ野郎がごまんといらあな……ただな、てめえ一人で生きてるみてえな思い違いだけはやめとけよ。てめえ一人で片がつくことなんざあ何ひとつねえと思え。難儀をすれば遠慮なく誰かの手を借りて、難儀をしてる奴がいりゃあ手を貸してやればいい。おめえがあぶれた行商から焼き芋を買ってやるみてえにな」と淡々と話した。

清四郎は驚いて左平次を見た。

「けどな。廻り方がつけられて気づかんとは、恥ずかしいことだぞ」

「……はい」

「それから、これだけは言っておく。二度と命を粗末にするなよ。おめえの母上は言わんだろうから代わりに教えてやるが、おめえを産む前に母上は三人の子を流産や死産で亡くされておる。清左衛門は一時は養子をもらうことさえ考えたほどだ」

初めて聞く話に清四郎は動揺したが、

「だから……清四郎なのか」

「そうだ。てめえの名を石に刻んでおくんだな」左平次は楊枝をくわえ、財布から銭を出して置いた。

「いいか、もう二度と俺のところに野暮用を持ってくるんじゃあねえぞ。今度来やがったら叩き出すからな」左平次はスッと立ち上がり、たたきに下りて店を出て行った。

清四郎はしばらく豆腐の皿と片口、猪口を見ていた。ふと笑ってしまう。あんなことを言っている左平次こそ、自分ひとりで生きているような面をしていると思い、おかしくなったのだった。

そのうち左平次の家の位牌を思い出した。そして左平次の過去が知りたくてたまらなくなった。それは単なる興味といった類のものではなく、左平次の人生が自分自身の人生にとっても重要な意味を持つような気がするからであった。

清四郎は柳川鍋を食べ、酒を呑んだ。食べ終えて銭を出そうとすると、

「あら、お銭《あし》はいいんですよ」とお香が来て言った。

「左平次さんから『清四郎が来たら思う存分呑ませてやってくれ』ってお銭を預かってますから」

「え、そうですか」

お香は空いた皿や土鍋、片口などを片づけ始めた。

「左平次さんは若旦那のこと、本当に心配なさっておいでなんですよ。亡くなられたお父さまの代わりのおつもりなんでしょうね」

「……お香さん、左平次さんにはお身内の方はおられないのでしょうか？」

「なぜそんなことお尋ねになるんですか？」お香の面差しに陰がさした。

「いいえ、左平次さんの家にある位牌を見ていたら、叩き出すって言われたもので」

「そう……それはご本人の口からお聞きになられた方がいいと思いますよ」お香は笑顔をつくり、食器を持ってそそくさと台所に戻って行った。

片づけ忘れた、左平次が呑んでいた猪口が一つ、転がっていた。

左平次が自分のことを息子同然に思っているのなら、自分も父親同然に思ってもいいはずだった。子は親に孝行をするものだ。清四郎は左平次の過去が無性に知りたかった。だが左平次がそれを語るとはとても考えられないし、どうすればいいのかもわからない。

ただ焦ることはない。どうあっても左平次について行くと決めたのだ。過去はいずれ明らかになるだろう。ともあれこのたびの事件は落着したのだ。今宵だけはとことん呑んで、嫌なことは忘れよう。

清四郎は猪口に向かって両手をつき、深々と一礼した。そして足を崩し、あぐらをかくと、料理を運んでいるお花に笑顔で声をかけた。

「お花、熱燗と豆腐だ！　今日は呑むぞ！」

第三話　千両殺し

一

駒野《こまの》に伴い、清四郎《せいしろう》が向かった先は、茅町《かやちょう》にある第六天《だいろくてん》神社の境内《けいだい》だった。正月を前にして冷え込みがきつく、凍えるような寒さを感じる。枯れ葉が舞い落ちる参道の両脇には鬱蒼《うっそう》とした木々が立ち並び、その向こうに本殿が見えていた。鳥居を潜り、まだ薄らと残る朝靄《あさもや》の中を歩くと、石畳の冷たさが足裏から伝わってくる。

今朝奉行所に出仕し、詰所に入るなり駒野から「行くぞ」と声をかけられた。駒野の緊張した面持ちから、何があったのか清四郎は察した。

「殺しだ。第六天神社の境内で倒れてる男が見つかった」案の定、急ぎ足で歩きながら駒野は白い息を吐いて言った。

清四郎は何も問わず、黙ってついて行った。殺しと聞いたとき、左平次《さへいじ》が思い浮かんだが、すぐに打ち消した。これは左平次預かりの事件ではないし、殺しの現場はできるだけ見せておこうという駒野の配慮だとわかったからだった。

いや、清四郎の本音は、女にうつつをぬかすという失態により厄難を招いた、先の火付盗賊改方与力がからむ事件以降、左平次とは距離をおきたい気分になっていた。ただ単に恥ずかしいという思いだけだったのだが、今思い出しても赤面するほどだ。今朝は母の妙《たえ》と下女のお竹《たけ》がおせち料理の段取りを話し合っていた。この前まで夏だと思っていたらもう正月かと、季節の移り変わりの早さを清四郎は思った。そして十八年間生きてきて、この半年でなんとか半人前くらいにはなった気がする。

左平次のおかげだ。だが清四郎は今、その左平次から距離を置こうとしている。定町廻り同心として学ぶことがまだ山ほどあるというのに、どんな顔をして会えばいいのかすらわからなかった。

「今頃左平次さんはどうしていますかねえ」

朝、奉行所へと向かう途中で、仙太《せんた》が何気なく口にしたことがあった。

「さあなあ……」

「別に仕事がなくても会いに行かれてはどうです？　それともふらっと、みくらに行くとか」

「まあそのうちな」清四郎は言葉を濁すしかなかった。

駒野と清四郎が参道を歩いて行くと、手水舎の前に浅沼《あさぬま》と小者ら数人の男たちが立っていた。

「おう来たな」

二人を見て浅沼は声をかけた。殺しの事件においては、筆頭同心である浅沼が必ず検死に立ち会うことになっている。

「浅沼さん、早いですね」

駒野が返すと浅沼は、

「奉行所に到着する前に知らせに来た者がいてな」と、笑顔で答えた。「寺社方にはすでに申し送りをしてある」

寺や神社の敷地内での殺しなど重罪事件については、寺社奉行側に断りを入れた上で調べるのが慣例となっていた。

亡骸《なきがら》は手水舎の脇に横たわり、筵《むしろ》がすっぽりと被せられている。浅沼の後ろには硬い表情をした家主であろう身なりのいい町人と、おそらくは第一発見者の青ざめた若い町人がいた。

「清四郎、ほとけをよく見ておけ」

そう言って浅沼は筵を捲《めく》ってみせた。清四郎が殺された亡骸を見るのはまだ数えるほどしかなく、未だになかなか正視することができない。

亡骸は半纏《はんてん》を着た大工と思しき男で、仰向けになり、鳩尾《みぞおち》あたりから夥《おびただ》しい血を流していた。清四郎は駒野とともに手を合わせ、しゃがんで検《あらた》めた。

「傷口はどうだ」駒野が亡骸の襟を広げて清四郎に訊《き》いた。清四郎は覗《のぞ》き込み、幅の広い傷口を見てとった。

「おそらく包丁で突かれたのでしょう。ひと突きですね」

「うん。しかも深い。思い切りぶつかって刺したみたいだな」

清四郎はまわりを見回し、亡骸の手足を見た。手には傷もなく、両足には麻裏の草《ぞう》履《り》を履いている。

「争った跡もありませんね」

「ということは？」

「顔見知り」

「よくできた」

清四郎は心外だった。これくらいのことは廻り方でなくともわかるだろう。

「家主の話では、付近で争うような声を聞いた者はいないそうだ」浅沼が言うと、家主がうなずいた。

「はい。怒鳴り声や叫び声を聞いた者はおりません」

「最初に見つけたのは納豆売りの太吉《たきち》だ。おい、明け六つの頃だな？」

「へ、へい。あっしは毎朝この六天さんにお参りしやすが、今朝もいつも通り来やしたら見つけた次第で」

「他に怪しい奴もいなかったんだな？」

駒野が念を押して訊くと、「へい、おりやせんでした」と太吉は答えた。

「さて、お前ならこれからどうするよ」駒野は試すように清四郎に尋ねる。

「半纏の屋号からほとけの身もとを探ります」

「そうだ。お前、成長したな」と言われても清四郎は少しも嬉しくない。かえって苛《いら》立《だ》った。

「あのー、この半纏でしたら、町内の駒形《こまがた》組のものだと思います」家主が口を挟んだ。

なるほど、襟には将棋の駒の縁取りの中に駒の文字が入っている。

「それならすぐに身もとはわかるな。駒野、ほとけを身内に会わせて話を聞いてくれるか」浅沼が言った。

「承知しました」

「では私はこれにて奉行所に戻るといたします」清四郎が言うと、浅沼は苦笑した。

「お前も駒野と一緒に行け。実は相馬《そうま》が流行《はや》り風邪をひいて寝込んでな。殺しともなれば駒野ひとりではとても手が回らぬ。しばらく左平次預かりは休むとしよう」

そういえば数日前より、奉行所内で風邪が流行りだしたとちょっとした騒ぎになっていた。

「はあ……」清四郎は煮え切らない返事をした。左平次預かりはどうなったのだろう。

「何だお前、俺とでは不満か」駒野の角張った顔が露骨に不機嫌になる。

「いえ、そういうわけではありませんよ。ただ方針がころころと変わるのはどうも」

とたんに浅沼の顔から笑みが消えた。

「バカ者、こういうのを臨機応変というんだ。さっさとほとけの身もとを聞き出して来い」

「行くぞ」

駒野に腕を引っ張られ、清四郎はその場を離れた。

殺された男の身もとはほどなくわかった。茅町一丁目次《じ》右衛門店《えもんだな》に住む、大工の辰《たつ》次《じ》。大工の組頭が人を走らせて調べさせると、辰次だけが昨夜帰って来ていなかったのだった。亡骸は茅町の自身番に運び込まれ、そこへ辰次の女房のおせんが呼ばれた。

清四郎と駒野が亡骸のそばで待っていると、おせんは恐る恐る自身番に入って来た。

自分の目で亡骸が夫だと確かめると、倒れ込むようにすがりついて、「お前さん、お前さん」と呼んで泣き崩れた。齢《よわい》は三十前後、色白だが痩《や》せた女で、長細い首が印象的だ。

駒野は書役と番人を外に出すと、おせんを座敷にあげて事情を聞いた。

「昨日、辰次は仕事から戻ってすぐまた出かけて、そのまま帰らなかったんだな？」

「はい。夕方出て行ったきり……」

「どこへ行くとも告げずにか」

「はい」

「そのようなことはよくあるのか？」

「ありません」

「近頃辰次の様子はどうだった？　おかしなところはなかったか？」

「さあ……いつも通りだったと思いますけど」

清四郎は駒野と並んで聞いたが、微かな違和感を抱いた。だがそれが何かはわからない。

「子はないのか？」さほど深い考えもなく清四郎は訊いたが、おせんの顔色がわずかに変わるのを見てとった。

「はい、おりません」

「亡骸はどうする？　こちらから長屋か寺のほうに運んでやることもできるが」

「お役人さまの手を煩わせとうはございませんので、大家さんに頼んで、誰か来てもらいます」

「そうか。ではひとまず帰ってよいぞ」

「お世話になりましてございます」おせんは涙を拭いながら出て行った。

「あの女、もう少し探ったほうがいいかもしれませんね」

「お前、神さまにだいぶ鍛えられたようだな。そう思うなら探ってみろよ」

「いいんですか？」

「ああ、いいとも。俺は大工仲間に探りを入れてみるからよ。夕刻、詰所ですり合わせようぜ」

「わかりました」

駒野が出て行ったあとすぐ、書役と番人が戻って来た。

「すまなかったな。あとで次右衛門店から引き取り手が来ると思うのでな、それまで置かせてくれ」

「それはよろしゅうございますが、おせんさんはお気の毒なことでしたなあ」

白髪頭の書役が、おせんのことをさも知っている口ぶりで言うので、清四郎は気になった。

「おせんのことを知ってるのか？」

「知ってるも何も、あれほど奇特なお方も滅多にいませんよ」

「町内でも評判のよくできたお人でさあ」若い番人も口を挟んだ。

「ほう。どんなふうによくできてるんだ？」

「いえ、町内に浄海寺《じょうかいじ》という小さな寺がありましてね。そこでは常時七、八人の孤児を預かって面倒をみているんですが、年老いた住職だけで寺男もいないという有り様で、なかなか子どもたちに手がまわりません。そこでおせんさんが毎日のように寺に行って、子どもたちの食事の世話から繕い物、洗濯、掃除、手習いまで、親代わりのようになって、何から何まで世話をしているんですよ。しかもときどき銭まで都合しているといいますから、なかなかできることではありませんよ」書役は目を潤ませて言った。

「そうなのか。それは確かに奇特なことだな」

「ほんとに仲のいい夫婦だったから、おせんさんもさぞつらいでしょうよ。お役人さま、何卒どうか、早く咎人《とがにん》を見つけてやってくださいまし」

「言われるまでもない」

清四郎は自身番を後にした。

日が昇り、いつしか寒さも和らいでいた。清四郎の脳裏にまた、左平次の顔が思い浮かんだ。だがどうしても相談に行く気にはなれない。少しくらい成長したところを見せたいという気持ちもあった。

（まずはこの事件を解決してからだ。その後で報告がてら左平次さんに会うことにしよう）

そう思い直して清四郎は浄海寺に向けて歩き始めた。住職から話を聞けば、辰次やおせんのことで手がかりが得られるかもしれないと考えたのだった。

浄海寺の住職は丸顔の、見るからに穏やかな老人であった。袈裟《けさ》にはところどころ繕った跡があり、倹《つま》しいというより貧しい生活ぶりがうかがえた。清四郎が門を潜ると、下は三つ四つ、上は七つ八つの子どもたちが駆け寄ってきて、興味津々の眼差しで纏《まと》わりついてきた。皆つぎはぎの着物を着て、裸足だった。清四郎が年若いということもあるのだろう。自然と清四郎の表情は綻び、誰彼となく手をつなぐと引っ張られた。幼子の甘い匂いに鼻をくすぐられ、清四郎は悪い気がしない。自分でさえこうなのだから、おせんであれば大人気であろうと思った。

住職とは庭に面した座敷に座って話した。子どもたちは庭で駆け回って遊んでいる。

庭の一隅には畑がつくられ、大根であろう小さな芽がいくつも出ていた。

清四郎がおせんの亭主の辰次が殺されたと告げると、住職は顔から笑みを消し、しょぼくれた目を見開いて小さく唸《うな》り声をあげた。

「おせんから辰次のことで何か話を聞いてはいないかと思ってな」

「……聞いておらぬと言えば嘘になるが」

「どのような些細《ささい》なことでもいいのだ。辰次がどのような男であったかとか、夫婦仲はどうだったかとか」

「夫婦仲はとてもよいと聞いておる……ただ、これまで真面目に大工仕事をしておった亭主が、ここ半年の間、帰りが遅くなったそうで。ことにこの半月ほどは人がちがったようになって、勤めにも行かないで酔っ払って帰って来たりしておったそうじゃ」

「おせんは何か心当たりがあるとか申しておったか?」

「いや、それがわからぬからなおのこと悩んでおったのであろうな」

清四郎は首を傾げた。

「でもおせんは、昨夜いなくなるまでは、辰次の様子はいつも通りだったと言っておったが」

「……おせんさんは人一倍体面を気にするおなごでな。しかも弱音も吐かぬ。己の口からは話したくなかったにちがいない。代わりに拙僧より申し上げたからよいだろう」

「そうか……」

つかみどころのない住職の口ぶりに清四郎は戸惑った。ただ、まずは辰次が変わってしまった理由を探るべきだと思った。

「おせんさんは早くにふた親を亡くして、兄弟もいなかったというから、ずいぶん苦労しただろうし、寂しい思いもしたはずじゃ。ここの子どもたちを熱心に世話してくれているのも、そんな寂しい気持ちがわかるからだろう。それに自分に子のない寂しさもあるにちがいない。それを思えばご亭主を亡くした心痛はいかばかりか……」独り言みたいに住職は話した。

清四郎はそれに何と返せばよいかわからず、「承知した」と短く言い、ひとまず奉行所に帰るために腰を上げた。

二

奉行所の詰所に戻ると、駒野がすでにいて、長火鉢の傍で暖を取りながら餅を焼いて食べていた。一人で探索を任されて緊張したのだろう。そのとき初めて昼飯がまだだったことに気づき、にわかに空腹を覚えた。駒野はご丁寧に皿に海苔と醤油を用意して磯辺焼きにしていたものだから、香ばしい香りがあたりに漂っていた。二、三の同心が匂いを嗅ぎつけて寄って来ては醤油をつけた餅を海苔で巻いて食べている。清四郎は自分の分がなくなるのではないかと焦った。

「おう、ご苦労さん。そっちはどうだった？」駒野は餅を食べながら訊いた。

清四郎は駒野を睨むように見た。

「私も食べていいですか」

「ん？　何だ怖い顔して。食えよ」

「ではさっそく」

清四郎は餅を醤油に浸し、海苔を巻いて食べた。餅の甘味と醤油のコク、焼き海苔の香ばしさが相まって、空腹に沁み渡るようであった。ところが残っていた餅はそれ一つきりだったのでまったく満たされず、かえって気がくさくさしてしまった。

「食ったらさっさと話せよ」

駒野に急かされ、清四郎はおせんが寺の子どもたちの面倒をみていること、とくに半月ほど前から辰次の様子がおかしくなり気に病んでいたことなどを話した。

「ふーん、なるほどな」

「で、駒野さんのほうはどうだったんです？」

「大工仲間の話によるとだ。酒も女遊びも博奕《ばくち》も一切やらなかった辰次だが、半年ほど前に一度誘われて出向いた矢場にだけは、それから三日にあげずに通っていたそうだ」

「へー、矢を射つのがそんなに楽しいんですかね」

「お前はほんと、生娘みてえに何にも知らねえんだな」茶を啜《すす》りながらニヤニヤして駒野は言った。

「どういうことです？」

「矢場っていうのは女郎屋と賭場を合わせたようなショバなんだよ。つまりゃあ辰次は博奕か女遊びかどちらかにはまっていたってことだ」

「……その矢場で誰と出会ったか、ですかね」

「まあそんなところだろうよ」

「矢場はどこにあるんです？」

「湯島《ゆしま》一丁目だ。俺は明日そこに行ってみるが、お前はまわりにある店をあたってくれるか？」

「わかりました」

「ほんとにわかってるのか？」

「飲み屋とか飯屋とか、辰次の出入りを確かめろっていうんでしょ？」

「そうだ。お前、ほんと成長したなあ。左平次どの様さまだな」駒野は下駄のような顔を撫《な》でて言う。

左平次の名を聞いて清四郎は複雑な気持ちになる。そばにいるのが駒野と左平次とでは、まるで安心感がちがうのだ。それほど左平次が清四郎の中で大きな存在となっていることに少しばかりうろたえた。

「明日は番所に立ち寄らなくてもいいから直に調べに行け」

「承知しました」

駒野は立ち上がると、大刀を腰に挿して出て行った。

その後、清四郎は小者の詰所へと寄った。暇を持て余しているであろう仙太と帰るためであった。案の定仙太は他の小者と将棋を指していた。

「仙太、今日はすまなかったな。急な呼び出しがあって声をかける間もなかったんだ。さ、帰ろうか」

「へい。待ちくたびれやしたよ」

そう言って仙太は早々に御用箱を担ぐと、清四郎に続いて奉行所を後にした。すでに夕闇が迫り、寒風が吹いている。どこからか煮炊きする匂いが漂ってきて、清四郎はひどい空腹を覚える。早く帰ろうと、自然と足が速まった。

「茅町で殺しがあったそうですね」

「なんだ、もう知ってたのか」

「そりゃあ殺しともなりゃあ噂が広まるのは早いですぜ」

そこで清四郎は事件のあらましを仙太に聞かせたのだが、話すうちに思いついたことがあった。これから晩飯がてら湯島一丁目にある矢場周辺をまわってみようと思ったのだった。それを仙太に告げると、

「それならあっしもついて行きまさあ。若旦那がその辰次みてえになったら大変だ」

と、本気とも戯れ言ともつかぬ口調で言った。

「いいだろう、ついて来な。ついでに晩飯でも食おうぜ」

いざというときには仙太がいたほうがいいに決まっている。二人は湯島へと向かった。

湯島界隈《かいわい》は湯島天神を中心に、人でごった返す快楽の坩堝《るつぼ》だった。酔っ払いや女たちが入り乱れ、嬌声《きようせい》をあげ、あるいは喧嘩の怒声が飛び交い、酒臭さや、焼いたり煮炊きする料理や、白粉《おしろい》の匂いなどが入り混じって混沌としていた。入り込んだはいいが、清四郎はすぐに逃げ出したくなった。料理の匂いにしても、みくらみたいに品のあるものではない。濃厚な醬油の匂いや焦げ臭さといった、何ら食指が動くことのない下品な匂いだ。清四郎がしかめ面で歩いていると、仙太がへへっと笑った。

「何がおかしいんだ」

「いえね。ここに左平次さんがいらしたらこう仰《おつしや》るでしょうよ。『品のねえもんに学ばねえ奴ぁ廻り方には向いてねえな』って」

「ふん、あのお人はそんなこと言わないさ。ただ一言、『バカ野郎、よく見ろ』っていうだけだ」

「なるほど。それもありですねえ」

嬉しそうに言う仙太に清四郎の胸中は複雑だった。仙太はまだ自分がどれほど左平次を意識しているのかわかっていないのだと思った。

歩きながら清四郎が後悔したのは、廻り方のいでたちで来てしまったことだった。場違いだとばかりに男たちからは睨まれ、女たちからは「旦那、旦那」と袖を引かれてからかわれる。皆よりも頭ひとつ出ているからよけいに目立つのだ。十手を振り回して殴りつけたい気持ちを清四郎は必死に堪えた。

「あそこが矢場ですぜ」

仙太が指差したほうには矢の的を描いた、白い大きな軒提灯《のきぢょうちん》をぶら下げた矢場があった。よしず掛けの小屋の中では、酔った男たちが矢場の女を侍らせ、騒ぎながら矢を射て遊んでいる。清四郎は入る気はもちろんなかったが、ちらっと覗くと、矢場の女が見せつけるように尻を振って矢を拾っている。辰次はこれにやられたのかと思ったが、真面目なおせんの顔が思い浮かんで複雑な思いにかられた。

「入りますかい？」

「入らないよ。まずは晩飯でも食おうぜ」

ちょうど矢場の向かいに、破れた赤提灯の掛かった一膳飯屋があった。清四郎と仙太はたてつけの悪い障子戸を開けて中に入った。

十人も入ればいっぱいになる狭い店だ。板間には行燈《あんどん》が一つ灯っているだけで店内は暗い。台所では店主と思しき痩せた中年の親爺が暇そうに突っ立っていた。清四郎と仙太を見ると一瞬驚いた顔になったが、「いらっしゃいまし」と笑顔をつくった。

二人は年季の入った凸凹の板間に上がると中ほどに座った。

「鰻飯を二つ頼む」清四郎が言うと、親爺は小馬鹿にしたように笑った。

「旦那あ、このあたりじゃあ鰻なんぞ食う上等な客はいねえんでさあ」

「じゃあ何ができるんだ」

「まあ大根や小松菜の煮たのや目刺しや泥鰌《どじょう》や、ああそうだ。フグが入《へ》えってますぜ」

「フグ？　それはなんだ」

「白身の魚でさあ。小鍋にしたら美味いですぜ」

「そうか。では――」と言いかけた清四郎の袖を仙太が引いた。

「旦那あ、こんなとこでフグはいけねえや」仙太が清四郎の耳もとで囁《ささや》く。

「ん？　そうか。じゃあ大根と小松菜と飯を大盛りだ」

「へへ。怖気付いたね」

そう言って親爺は予《あらかじ》め大鍋に煮てある大根や小松菜を器に取り分ける。

「親爺よ。向かいの矢場の客はこの店にはよく来るのか？」

「そりゃあしょっちゅう来るさ。みんな銭がねえからね」

「じゃあ、いっぱしの大工なんぞは来ないだろうな」

「そうでもないよ。大工だって博奕や女が好きな奴あいるからね」

「実は人を捜しているんだが」と、清四郎は辰次の顔の特徴や背格好を告げ、大工が生業で襟のところに将棋の駒を象《かたど》った屋号が入った半纏を着ている者だと話した。

親爺は丼鉢に飯を盛りながら考えていたが、

「ああ、そいつならちょくちょく来てたな」

「一人か？」

「いや、一人のときもあったが、矢場の女と二人で来ることもあったし……そういやあ最後に見たときは四人連れだったな」

「四人連れ？」

「ああ。一人は矢場の女だ。もう一人はどこかの店の手代風体の若い男で、もう一人は中間《ちゆうげん》だったよ。家紋の入えった法被を着てたからな」

「よく覚えてるじゃあねえか」仙太が口を挟んだ。

「そりゃあこれでも客商売だからよ。それにこんな狭い店じゃあ嫌でも覚えるさ。というかね。そもそも妙な四人連れだろ？　てんでバラバラだったからよく覚えてるんだ」

親爺は盆に煮物と飯を載せて運んで来ると、二人の前に置いた。湯気の立つ大根や小松菜はくたくたに煮詰められ、飯の盛りは特大だったが、麦飯でとろろがかかっている。しかもその後から酒を入れたぐい呑みを二つ持って来て置いた。

「酒など頼んでおらんぞ」清四郎が言うと親爺は笑った。

「ほんの気持ちですよ。旦那方がおられるからあっしらも安心して商いができるんだ」親爺は指先についた飯粒を口に入れながら言った。

清四郎は洟《はなみず》を啜るようでとろろは苦手だと思いながら、

「ところで連中が何を話していたか覚えてるか？」と親爺に訊いた。

「さあどうだったか……ああそういやあ富札の話をしてたっけな」

「富札？」

「他愛もねえ話でね。四人で銭出し合って富札を買ったみたいなんですよ。もし千両当たったら仕事をやめて隠居暮らしをするだの、店を出すだの、そんなところでさあ」

「ふーん、その集まりがあって、それから四人の顔を見てないんだな？」

「ええ。他の二人はともかく、大工や矢場の女まで来なくなったのは妙だと思ったけどね」

清四郎は仙太と目を合わせた。おそらく仙太も同じことを考えているのだろう。

「さ、冷めねえうちに食いなよ」と言って親爺は台所に戻って行った。

「仙太、話はあとだ」清四郎は酒を呷《あお》り、飯を食い始めた。

このところ富札が大流行りなのは清四郎も知っていた。近頃は年に百二十回、三日に一度はどこかの寺で行われているという。百枚の富駒（木札）を上部に穴の開けられた富箱に入れ、富突錐で富駒を突いて刺さった富駒が当たりとなる。これを百回繰り返し、一之富、二之富、三之富といったように何番目に刺さったかで当たりと当籤《とうせん》金額が決まり、一番最後の百回目に刺さった富駒に最高額の当籤金が与えられた。

多いものでは千両もの当籤金が与えられることから大人気となり、のめり込み、金をつぎ込むあまりに借金を重ね、首をくくる者まで出るほどであった。一枚の富札が安くとも一朱から高いもので二分の高値であったので、庶民はおいそれと手は出せず、何人かが金を持ち寄って一枚の富札を買う、割札という買い方をする者が多かった。

南町奉行所内でも一度、吟味方の与力らが割札を買い、見事に三之富を当てて三十両もの金を手にしたと話題になったことがある。

富札など清四郎はまったく興味がなかったが、辰次殺しと富札には何らかの関わりがあると睨んだ。もし四人が買った富札が高額な当たり札だったとすればどうだろう。

その銭を辰次が独り占めしようとしたなら、殺されても不思議はない。もしくは他の三人のうちの誰かが独り占めをしようとしていることを辰次に知られ、始末したか……。

などと考えつつ、飯を食べたが、大根と小松菜は案の定、塩辛いだけで美味くはなかった。だがとろろ飯と合わせてみると存外にいけた。仙太も酒を飲みつつ、夢中でかき込んで食べている。とはいえ、みくらの品のある美味さに比べれば、足下にも及ばないのは言うまでもなかった。

ただ、銭を払う段になって清四郎は驚いた。

「いくらだ？」

「へい、二十文でさあ」

「安いな。では二人で四十文だな」

親爺は笑った。

「二人で二十文でさあ」

「え、そうか……それは気が引けるな」

清四郎は四文銭を六枚出して差し出した。

「旦那あ、一枚多いですぜ」

「いいんだ。話を聞かせてくれたし、とっといてくれ」

「いや、そいつあならねえ」親爺は打って変わって厳しい表情になった。「あっしがね、二十文といやあ二十文だ。びた一文よけいには受け取れねえ」

「しかし――」

「若旦那、そいつあ野暮ですぜ」仙太が小声で諫《いさ》めた。

格好悪いとは思いつつ、清四郎はやむなく二十文だけを払うしかなかった。店を出る前に仙太は懐から小田原《おだわら》提灯を出し、親爺から火を借りて点けた。

「俺はまだまだ市井のことをわかっちゃあいねえということか」ほろ酔いの状態で歩きながら清四郎は自嘲した。

「若旦那のお齢でわかるはずがありやせんよ」と、仙太は慰めてくれたが、こんなとき左平次なら厳しいことを言うのだろうと清四郎は思ったりもする。

「けど、ここに来て当たりでしたね。殺しはきっと富札がらみですぜ」

「ああ、そうだな。富札だけに当たったというわけだ」

「そいつあいいや」仙太は声をあげて笑った。

仙太の明るさに少しだけ救われた気がしたが、清四郎の気持ちは晴れなかった。駒野がいるとはいえ、この先きちんとした調べができるのかと不安になる。だがこんなとき左平次ならばきっと、「先のことなんぞ誰にもわからねえんだ。考えたって無駄だ」なんてことを言うだろう。

それからは黙って八丁堀《はっちょうぼり》の組屋敷まで二人は歩いた。柳橋《やなぎばし》を渡って出店で賑わう両《りょう》国広小路《ごく》をすぎ、日本橋《にほんばし》の市中を通って江戸橋《えどばし》に向かう。日本橋の店は大戸が下ろされてひっそりとしている。先ほどの湯島界隈の喧騒が嘘のようで、清四郎には同じ江戸とは思えなかった。

組屋敷近くまで来て、清四郎はふと仙太のことが案じられた。

「仙太、大丈夫か？」

「何がです？」

「家の者は今日遅くなるというのは知らないんだろう？」

「若旦那あ、それこそ言うのは野暮ですぜ。これでも先代から仕えてるんだ。遅かろうが早かろうが嬶《かかあ》に文句は言わせねえや。嬶だってそれくらいのこたあ心得ていまさあ」

「そういうものなのか」

「廻り方や小者たあ、そういうもんですよ。家に帰《け》えって母上さまに訊かれたらい い」仙太は笑いを含んで言った。

「でも、母は俺の帰りが遅いと心配して門前で待ってたりするぞ」

「……そいつあ親心でさあ。夫婦とはちがいまさあ」しんみりとした表情になって仙太は言う。

「そういうものか」と、清四郎はまた言うしかなかった。

木戸の前で二人は別れた。母の妙は門前には出ていなかった。

待っていられても子ども扱いされているようで迷惑だが、出て来ないとなればなったで気にかかる。何をしているのだろうと思いつつ、木戸を開けようとしたとき、にわかに話し声がして清四郎は手を止めた。

玄関から出て来たのはなんと左平次と妙だった。二人は和やかに何か言葉を交わしながら木戸を開けて出て来た。

「あら清四郎、遅かったではないですか」

「え、ええ。仕事ですよ。遊んで来たわけではないですから」清四郎は左平次をちらちらと見ながら言った。

「清四郎、左平次さんにちゃんと挨拶なさい」

「どうも、こんばんは」

「何ですか、その挨拶は」

「いいんですよ。夜なんですから確かにこんばんはだ」提灯を提げた左平次は、いつになく上機嫌で言う。左平次は月代《さかやき》も無精髭もきれいに剃っていた。

「今日はどうなさったんです?」

「ちょいと挨拶に来ただけだよ。では、これで失礼いたします」左平次は妙に声をかけて去って行った。

「左平次さんはお参りに来られたのですよ?」

「お参り?」

「お父さまのご命日が近いでしょう?」

ああそうかと清四郎は得心した。ちょうど半月後は父、清左衛門《せいざえもん》の命日で、坊さんが来て法要が営まれるはずだった。

「まだ半月先ではありませんか。法要に来ていただければいいんですよ」

「法要の席には出られませんよ。今日は珍しくお見えになられましたけど、毎年お墓参りされて、お花とお酒を手向けてくださるんですよ」

「どうして今年に限って来られたんです?」

「さあ、それは知りません。でも、あなたのことをそれとなく私にお話しになりたかったのかもしれませんね」

それを聞いて清四郎はあっとなった。左平次が先だっての不忍池《しのばずのいけ》畔での事件を、妙に話したのではないかと思ったのだった。妙にそれを問うのも恥ずかしく、ためらわれた。

「あ、そうだ。左平次さんに相談することがあったんだ」清四郎はとってつけたように言う。

「相談することって？」明らかに訝《いぶか》しんで妙が訊いた。

「仕事のことですよ。なかなかお会いできないし、今聞いておかないといつになるか。ちょっと行って来ますね」と矢庭に駆け出した。向かう先はただ一つ、みくらだ。清四郎には左平次がそこに行くという勘がはたらいた。父親へのお参りの後だ。一杯飲みたくもなるだろう。

三

「おめえはケツの穴の小せえ野郎だなあ」

小鍋の湯豆腐を杓子《しゃくし》ですくい、柚子酢を入れた器に入れながら左平次は言った。

「母上に不忍池の事件のことを話しましたか？」と清四郎が問うた答えがそれだった。

「あらあら。下品な言葉遣いはいけませんよ」

笑顔のお香《こう》が清四郎の酒を運んで来て言った。

「そうでも言わねえとこいつには通じねえんだよ」

「また親心ですか。さ、どうぞ若旦那」

お香は清四郎の猪口《ちょこ》に酒を注いだ。酒の匂いにお香の香りが合わさり、清四郎は甘美な気持ちに浸る。

「けっ、何が親心だ。こんな出来損ないの親父になるほどこちとら落ちぶれちゃあいねえよ」左平次は湯豆腐を器用に箸で食べた。柚子のいい香りが漂う。

清四郎は腹が立つどころか、いつもと変わらず接してくれる左平次の態度が嬉しかった。月代や無精髭を剃った左平次はいっそう精悍に見える。清四郎は定町廻り同心だった頃の左平次の風貌を想像していた。

「今日はどこかで召し上がってらしたんでしょう?」見透かしたようにお香は清四郎に言った。

「わかりますか?」

「お酒の匂いがしますし、お顔にご飯粒がついてますよ」

「えっ、そうですか」と、必死に口もとを触ってみたが、飯粒などついていない。

「ほほほ」と笑いながらお香は去って行った。

「ったくおめえは進歩しねえ奴だなあ」

「だから左平次さんが必要なんですよ」

「ふん、こっちがお断りだよ」

そう言って酒を飲む左平次だが、機嫌は悪くないと清四郎は見た。

「私が今日、何の仕事で帰りが遅くなったか、お訊きにならないんですか？」

「興味もねえのに訊くわけがねえだろ」

「殺しがあったんですがね」

微かに左平次の顔色が変わった。ここだと清四郎は思った。

「それがどうも、富札がらみの殺しなんですよ」

左平次は黙って湯豆腐を食い、酒を飲んでいる。清四郎の話が嫌なら「酒がまずくなるからやめろ」とはっきり言うはずだ。清四郎は辰次殺しの現場の状況や女房のおせんのこと、一膳飯屋の親爺から聞いたとして、辰次が矢場の女や手代風体の若い男、中間の男らと富札を買ったらしいという話をした。だが左平次は何も反応せず、清四郎を見もしないで飲み食いしている。

「私が睨んだところでは富札が当たって、辰次が金を独り占めしようとして三人のうちの誰かに殺《や》られたのではないかと思うんですがね。あるいは逆に矢場の女か手代風体の男、中間の男の三人のうちの一人が辰次に独り占めの魂胆を知られて殺したか」

清四郎が言うと、左平次は鋭い視線を送ってきた。

「ちょっとは使える奴になったかと思ったが、またもとに戻ったじゃあねえか。盗賊改の女房の色仕掛けでおかしくなっちまったんじゃあねえか？」

「な、何を言うんですか」清四郎は顔を赤らめて言った。

「いいか。四人で富札を買ったんだろ？　当たったら四等分した銭はちゃんともらえるんだ。殺したりするかよ」

左平次の言う通りだった。だがすんなり納得するには清四郎は腹が立ちすぎていた。

「じゃあ辰次が勝手に銭に換えて独り占めしようとして殺されたとか」

「悪党ならそうするだろうが、辰次ってえのは大工だろ？　しかも半年前に矢場の出入りを始めたにわかの遊び人だ。そんなことをするたあ思えねえな」

「確かに……では何だって四人のうちの辰次が狙われたんですかねえ」

「知らねえよ。ただ、矢場に出入りしているような連中は半分堅気じゃあねえからな。矢場の女なんぞ売女《ばいた》みてえなもんだ。みんな借金はあっても裕福な奴はいねえだろうさ。そいつらに辰次が狙われたと考えるのが無理がねえだろうな」

相変わらず左平次の見立ては説得力のあるものだった。

「かといって咎人が三人のうちの誰かだと決めつけるのも早計だ。ま、駒野と一緒に三人それぞれ引っ張って事情を聴くんだな」

「それくらいのことはわかってます」

「なら訊くなよ。酒が不味くならあ」

「じゃあもう訊きません」

最初こそ左平次とのやりとりに飢えていたせいか楽しかったが、次第に腹が立ってくる。久しぶりに会って話したというのに、もう少し柔らかく言ってくれてもいいのにと清四郎は思ったが、どう考えても無理だとあきらめた。腹立ちまぎれに酒ばかり飲んでいると腹まで減ってくる。

「さて、俺あ帰えるぜ。せいぜい駒野の足を引っ張らねえようにするんだな」左平次は猪口の酒を干すと腰を上げ、あっさりと店を出て行った。

その後清四郎は鬱々と飲みながら、明日はもう駒野にまかせようと思った。左平次が一緒でなければどうしても緊張感が半減するという本音が頭をもたげてくる。

相変わらずみくらは繁盛していた。板間には人足や職人たちがぎっしり詰まって座り、煙草《たばこ》や酒、煮物焼き物の匂いが濃厚に立ち込めている。わあわあと飛び交う声を聞きながら、清四郎は孤独を感じた。

「さあどうぞ。召し上がってください」お香が来て清四郎の前に塗りの重箱を置いた。

「左平次さんからですよ。育ち盛りは腹が減るもんだって」

「そう……」

「ここしばらく左平次さんとはお会いになられていなかったでしょう？」

「ああ」

「左平次さんにね、『お寂しいでしょう？』って言うと、『バカ言ってんじゃあねえや』って……でもね、どこか寂しそうに仰るんですよ。仕事がなくてもたまには顔を見せてくださいな」

「でも会えば小言ばかりだ」

「それもお嫌じゃあないでしょう？」お香に言われて清四郎は言葉に詰まった。お香はフフッと笑い、「ごゆっくり」と言って台所のほうへと行った。

清四郎は重箱を見つめていたが、蓋を取った。鮮やかな黄金色の錦糸卵が目をうった。刻んだ鰻を混ぜた錦糸丼だった。彼は重箱を持ち上げ、かき込む。錦糸卵の仄《ほの》かな甘み、鰻の香ばしさ、タレのかかった飯の旨味が混然となる。左平次との初めての仕事のときに食べた味だった。ほんのふた月ばかり前のことなのに、ずいぶん昔に感じる。あの頃に比べたら少しは進歩しているはずだ、明日から頑張ろうと思いながら、彼は錦糸丼を食べ続けた。

四

　翌朝、出仕すると浅沼に宿直の部屋に来いと呼び出された。清四郎が行くと、思いがけないことを聞かされた。

「実は駒野までが流行り風邪に罹《かか》ってしまってな。当分の間出仕できんことになった。かといって殺しの探索をお前ひとりでやらせるのも心もとない」

「左平次預かりでございますね」嬉しさ半分、つい口をついて出てしまった。

「何だ、ずいぶん嬉しそうだな。わしはてっきり嫌になってしまったかと思うておったがな」と、浅沼も嬉しそうに言って湯気が立つ茶を啜る。

「とはいえだ。あくまで左平次は町人だ。何かことが起きたらお前が責を負うことになる。殺しだけに心してかかれよ」

「は。承知いたしました」と、腰を上げて行こうとするところへ、

「まだ話は終わっておらぬ」と浅沼は笑みを浮かべたままで言う。

「何でございましょう？」

「危ない真似はするなよ。左平次は遠慮がないからな。難儀することがあったらすぐさまわしに相談せい。よいな」

「は。畏まりました。浅沼さんも流行り風邪には十分にお気をつけください」

浅沼は一瞬目を剝いたが、ため息を吐いた。

「もうよい。早く行け」

清四郎は頭を下げて部屋を出た。

仙太を伴い奉行所を出ると、清四郎は、

「事情を話して左平次預かりになったと伝えてきてくれ」と指示を出した。

「すんなり受けてもらえますかね？」不安そうな面持ちで仙太は言う。

「口では断るだろうが、探索にあたるのが俺ひとりだとわかれば捨ててはおけないだろうよ」

「はあ、なるほど。この前の不忍池の一件でも、何だかんだと言いながら助けてくださいましたからね」

不忍池と聞いて苦い気持ちになる。

「いいから早く行って来い。俺のほうは例の矢場に行って女にあたってくる」

「へい、合点だ」と、仙太は駆け去った。

肌を刺すような冷たい向かい風が吹いていた。だが清四郎は苦にもならない。それよりも左平次とともに事件を探ることができるという興奮、熱さに満ちていた。その熱さを冷却するが如く、寒風をついて清四郎は足を速めて歩いて行った。

清四郎が矢場に入ると男が若い女をはべらせ、矢を射ていた。脇の長い腰掛けには若い女たちが三人ばかり、暇そうに喋っている。男は堅気ではない風貌で、矢を射るごとに女と戯れ、胸や尻を触っている。的に当てるより女目当てで来ていることは明らかだった。だが定町廻りの同心が来たと見るや、男はしらけた感じで不機嫌になり、小さな帳場に座る、店主と思しき大年増の女に銭を払って出て行ってしまった。

「おやこれは八丁堀の旦那さま。いらっしゃいまし」店主の女は媚《こ》びたつくり声をあげながら近づいて来た。

「客ではない。訊きたいことがあって来たんだ」

「そんな堅いことを仰らないで、ひとつ遊んでいってくださいな。もちろんお代はいただきませんよ」

清四郎は当然ながら断ろうとしたが、ふと、市井のことも少しは知っておくべきではないかと思った。

「そうだな。ちょっとやってみようか」

「どうぞどうぞ。ここだけの話ですがね。一番小さな的の真ん中に、初めの一矢でお当てになったら一朱を差し上げているんですよ」

清四郎は畳に上がり、若い女から弓と矢を受け取ると的を見た。脚のついた額縁に紐で大中小の丸い的がぶら下げてある。清四郎は子どもの時分に何度か父親に道場へと連れられ、筋がいいとほめられた経験がある。弓は玩具のような弓に戸惑いながらも矢を掛けて引き、狙いをさだめて放った。矢は見事に一番小さな的に当たった。

「おお、当たったぞ」

「お見事でございますけど、真ん中より少しずれております。では一朱頂戴《ちょうだい》しましょうか」

「何だと？　お代はいらぬと言っただろう」

店主は笑い声をあげた。

「ご冗談を。旦那さまも無粋でございますねえ。遊ぶお代はいらないと申し上げましただけで、賭ける銭までただにするわけがありませんよ」

「それでは博奕も同然ではないか」

「さようですとも。ご法度の博奕に旦那さまはお乗りになられたんですよ。番所に知られてはどうなりますかねえ」

「……お前」

これが市井というやつかと清四郎はげんなりする。だまされた自分が悪いと思えばそれまでだが、かといって銭を払う気にもなれない。

「さあ、どうなさるんです？」

齢は二十七、八。色鮮やかな濃い紫地の着物に縞《しま》の帯、大きな口に真っ赤な紅を点《さ》し、厚く白粉をはたいた、見るからに遣り手の女だった。

「ちょっと遊ばせてくれるかい」

そこへ一人の男がふらりと入って来た。清四郎は動揺を隠せなかった。左平次だったからだ。

「あら、いらっしゃい。どうぞお座りくださいませ」

「いや、ここでいいんだ。弓と矢をくれ」

「は、はあ。ちょいと、このお客さんに弓矢を持ってきとくれ」

座敷に座る若い女が弓と矢を左平次に渡した。左平次は何のためらいもなく、矢を引いて放った。

トン、と矢は一番小さな的のど真ん中に突き立った。

「一朱くれるんだよな」

「え、いや……その……お客さんとは賭けをしておりませんし」

「じゃあもういっぺんやろうか」

「すみません。勘弁してくださいな」店主は媚びるような笑みを浮かべる。

「今日のところは許してやるが、その代わり、辰次ってえ大工と馴染《なじ》みだった女を教えてくれねえか」

「……あたしですけど」

「何だい。それなら話は早《はえ》えや。おめえ、名は」

「おりょうです」

「そうか。じゃあちょいとそこの番屋まで面あ貸してくれ。訊きてえことがあるんだ」

「え、でもお見世が」

「そんなもなあ若いのにまかせとけよ。さ、行くぜ」

左平次はおりょうの腕を引っ張り、外へ連れ出した。清四郎も慌てて二人に続いたが、自分をいないものとするような左平次の振る舞いに気持ちが落ち着かなかった。

近くの自身番に入ると、例によって左平次は番人に幾ばくかの銭を握らせ、夕方まで戻らないでいいからと話して空けさせた。そして座敷でおりょうと向き合って座った。

清四郎は左平次の後ろに座って成り行きを見守るしかなかった。おりょうは横に足を投げ、左平次とは目を合わせようともせず、ふてたようにそっぽを向いている。

「おめえ、辰次とはできてたのかい？」

左平次がいきなり訊くと、おりょうはチラッと目を上げ、伏せた。

「だったらどうだっていうんです？　ほんの遊びでね。よくあることですよ」

「四人で富札を買ったんだってな」

おりょうの顔色が微かに変わるのを清四郎は見逃さなかった。

「ええ、買いましたよ」

「おめえと辰次と、他は誰だい」

「さあ誰だったか」

「おめえが言わねえならこっちで調べるぜ」

「え？　ああそうそう。日本橋は駿河町《するがちょう》の福丸屋《ふくまるや》っていう呉服問屋の手代をやってるっていう忠七《ちゅうしち》さんと、中間をやってる助五郎《すけごろう》さんだよ」

「中間たあどこの誰に仕えているんだ？」

「そこまでは知らないけど、法被に白地の四角に黒丸の家紋が入ってたね」

「何だと?」

左平次は懐から矢立と紙を取り出し、素早く陰枡形に月(◙)を描いておりょうに見せた。

「こんなのじゃあなかったかい?」

「そうそう。これだよ」

「そうかい」

清四郎は左平次の声音に微かな動揺を感じ取った。左平次は暫し黙って考え込んだ。

「お前、一昨日の晩はどうしていた?」

清四郎が尋ねると、おりょうはちょっと考えて、

「一昨日……いつものように矢場で仕事をして、四つ時分にはねて、家に帰りましたけど」

「家はどこだ」

「この町内の長次郎店《ちょうじろうだな》ですよ」

「忠七も助五郎もお前の店の客か?」

「そうですよ。馴染みってわけじゃあないですけどね。お二人は……」と言いかけて

口を噤んだ。

「どうした。言ってみろ」

「博奕仲間っていうか……賭場で知り合われたみたいですよ」

「……で、四人で買った富札は外れたのか？」

「当然ですよ。大外れ。そんなに甘くはありませんのでね」

おりょうは笑って言ったが、清四郎には何か隠しているように感じた。

「もういい？　お見世が心配なんですよ」

「左平次さん、他に訊くことはありますか？」

「……いや、もうねえよ。帰えっていいぜ」

「それじゃ」と、おりょうは腰を上げて行きかかるが、

「ちょっと待て」と、清四郎が声をかけた。

「何です？」

「何のためのお尋ねかどうして訊かないんだ？」

「ああ、そういえばそうだね。うっかりしてた。何のお尋ねなんです？」

「殺しだよ。辰次が殺されたんだ」

「え？　殺された？」おりょうは驚きの顔で清四郎のほうを向いた。

「もう帰っていいぞ」清四郎が言うと、おりょうはやや茫然といった感じで出て行った。

左平次はまだ何か考え込んでいるふうだった。

「気になることでもあるんですか？」

「何でもねえよ。で、どう思ったよ。おりょうは」

「何か隠していると見ましたが、どうでしょう」

「何を隠してるっていうんだよ」

「それは……本当は当たっているのに当たっていないとか」

「そんなこたあ調べればすぐわかることだ。けどおめえ、何だって最後に辰次が殺されたと言ったんだ」

「それはどんな顔をするか見るためですよ」

「バカ野郎。俺あ殺しのことは言わないでおいて、おりょうの出方を見たかったんだよ」

そう返されて清四郎は納得した。確かに疑われてやましいところがあれば動きがあったかもしれない。だが左平次はそれ以上清四郎を責めることはなかった。いつもならポンポンと小気味よく小言が返ってくるところだが、左平次は黙って何かに思いを巡らせているようだ。清四郎には今回の事件とは無関係のことを考えているような気がした。

「次は忠七と助五郎を探る段取りになりますね」清四郎は左平次の反応を見たくて話しかけた。

「そう慌てるな。その前に確かめておかなくてはならねえことがあるからな」

左平次の言葉のキレが悪い。そういえばおりょうが中間の家紋の話をしたときから左平次の様子がおかしくなったと清四郎は勘づいた。

「もう行きますか。ここで暇を潰してたってしょうがないでしょう」

左平次はジロリと清四郎を睨んだ。

「おめえ俺が無駄に暇を潰すなんてことをすると思うか？」

「そうは思いませんけど、何か考えごとをされているから」

「そりゃあ人間だからいつも何か考えてるだろうよ。おめえだって考えてるだろ？腹が減ったとか何を食おうかとか美味いとか不味いとか」

「食べ物以外のことだって考えていますよ」清四郎は言い返したが、左平次がいつもの調子に戻ったと思い嬉しくなってきた。

「でもそういえばもう午《ひる》ですよ。飯にしませんか。矢場の向かいに飯屋があるんですけどね。みくらに比べたらずいぶん味が落ちますが――」

「うるせえ黙ってろ」と、左平次が言ったそのとき、戸が開いて仙太が飛び込んで来た。

「お待たせしやした！」

「おう仙太、ご苦労だったな」

仙太は座敷に上がると背負っていた風呂敷包みを置いた。清四郎にはそれがひと目で飯だとわかった。

「おっ、弁当だな。気が利《き》くな」

へへっと仙太は笑い、包みを開くと大きなわっぱがあらわれ、蓋を開けるとぎっしり詰まった稲荷鮨《いなりずし》だ。細身で小ぶり、きれいに並べられていたが清四郎はガッカリした。稲荷鮨といえば東両国界隈の安物の見世で売る鮨で、川開きの警固で応援に行った際に食べたが、やたらと甘辛いだけの田舎《いなか》者の鮨だった。

「若旦那あ、こいつあただの稲荷鮨じゃあありませんぜ。みくらの稲荷鮨だ」

「どこでつくろうが揚げに酢飯を詰めただけだろう」

「ふん。また贅沢言いやがって。食い物にケチをつける奴あ食う資格なしだ」左平次が吐き捨てた。

「ケチなんかつけてませんよ。いただきますよ」と一つ摘《つ》まんで口に放り込んだ。噛《か》むととたんに品のいい仄かな甘みが口の中に広がる。まろやかな酢飯に刻んで入れられた干瓢《かんぴょう》や生姜が、揚げの甘みと相まって絶妙な旨味を引き出している。清四郎は飽きることなく次々に口にした。

「で、富札のほうはどうだったい」

例によっていち早く食べ終えた左平次が楊枝で歯をせせりながら仙太に訊いた。

「そうそう、それがね、驚き桃の木山椒の木でさあ」左平次の問いを待ってましたとばかりに仙太は言った。清四郎は自分の知らない間に二人でどういう話をしたのか気になったが、おそらくは辰次が富札を買った売り場に仙太が行って調べたのだろうと察した。

「客の中に四割札とふつうの富札をそれぞれ一枚ずつ買った奴がいましてね。その割札でない富札が千両大当たりしたっていうんですよ」

「何だって？」驚きのあまり思わず清四郎は言った。「千両当たったのか」

「へい。驚きでさあ」

「四割札とふつうの富札を買った……、つまり辰次が買ったかもしれないというのか？」

「富札は何千という数が売られるというのにどうしてわかるんだ？」

「そこなんですがね。富札を売ってた娘によりますとね、割札とふつうの富札を一緒に買うなんて奴はほとんどいねえって言うんでさあ。銭がねえから割札を買うんですからね。そりゃあちょっと変ですよね」

「うん、それはわかった。しかし、なぜその富札が千両当たったとわかったんだ？」

と清四郎が訊く。

「大当たりの数が一千番ピッタリでしてね。男に売ったふつうの富札もちょうど一千番だったというじゃあねえですか。ご存知の通り富札は自分が好きな数を選んで買いますから。一千番ちょうどの数を買う客なんて珍しかったんでしょうね。娘が憶《おぼ》えてたんですよ」

「それでも確実に辰次が買ったとは言えないよな。もしかしたら別の人間が同じような買い方をしたかもしれない」

「それが辰次と同じ屋号の入った大工の半纏を着てたってことも娘が憶えてたんですよ。これで決まりでさあ」仙太が鬼の首をとったみたいに言う。「しかもですよ。当たった富札はまだ引き換えられていないんですよ」

「その通りで」

辰次が千両を当て、まだ換金されていないという事実に、清四郎は暫し黙り込んだ。左平次も腕組みをして目を伏せ、じっと考えている。

「ということはだ。辰次が千両を当てたと知った三人のうちの誰かが殺ったと考えられるな」清四郎が言った。

「へい。仰る通りで」

左平次が鼻で笑った。

「何がおかしいんです？　流れから言ってそうなるのが当たり前ではないですか」

「その当たり前に気をつけろっていうんだよ。当たり前に縛りつけられたとたんにおかしくなっちまうからな」

「では左平次さんはどうお考えなんです？」

「そんなもんこれっぽっちの話でわかるかよ。わからねえのにわかったようなことをいうときが一番危ねえんだ」左平次は清四郎を睨みつけて言う。

いつもの左平次だ、いいぞと清四郎は思った。

「ではこれからどうしますかね？」

「そうだな。おめえは忠七のほうをあたれ。仙太と一緒なら大丈夫だろう。俺あ助五郎のとこへ行って話を聞いてくる」

てっきり「てめえの頭で考えろ」という答えを期待していた清四郎は拍子抜けした。

「そうですか」

左平次はたたきに下りた。

「夕方に俺の家で落ち合おうぜ」そう言って出て行った。

「……何か、今日の左平次さんは変ですすねえ」見送りながら仙太がぼそっとこぼした。

「お前もそう思うか」

「いつもならもっと歯切れがいいのに、具合でも悪いんですかね」

「さっき矢場のおりょうという女から話を聞いていてな、中間の助五郎が仕える家の家紋を確かめてからどうも様子が変になったんだ」

「それで、左平次さんは助五郎のところへ行ったと……」

「仙太、すまねえが先回りして左平次さんと助五郎の様子を見てきてくれないか。どうも気になるんだ。忠七のほうは俺が行ってくる」

「合点だ」

仙太は飛び出して行った。

障子戸を透かしてたたきに落ちる陽光が、通りを行き交う人々に遮られて点滅して見える。それを眺めながらふと、家紋の一件は左平次の過去と何か関わりがあるのではないかと清四郎は直感した。知りたくて仕方がなかったが、今は事件に集中すべきだと思い、その気持ちを懸命に抑えて自身番を出たのだった。

五

福丸屋のある駿河町は、日本橋通りの室町《むろまち》二丁目と三丁目を西へ入ったところにあった。その名の通り駿河の富士山を望むのに絶好の場所とされ、その日も晴れ上がった空の下、山頂に雪をいただいた富士山が輝いて見えていた。

表から入るのはまずかろうと思い、清四郎は福丸屋の裏にまわり、木戸を叩いた。しばらくすると頬の赤い若い女中が出て来て、清四郎の身なりを見て体を縮こまらせた。

「ここに忠七という手代がいるな」

「へえ、おります」

「呼んで来てくれるか。少し訊きたいことがあるんだ」

「お待ちくださいい」

女中はすっ飛んで中に入り、ほどなく若い男が出て来た。丸顔で頬が膨らみ、狸《たぬき》のような顔をした男だった。

「忠七か」

「そうですが、何か」

その目にわずかな怯えを清四郎は感じ取った。

「富札のことで訊きたいんだがな」

清四郎が言ったとたん、忠七の怯《おび》えはあらわになり、落ち着きがなくなった。

「辰次とおりょう、助五郎と一緒に割札を買っただろう?」

「……それがどうかなさいましたか」

「お前、一昨日の夜はどこにいた」

「一昨日ですか……おりょうの矢場で遊んでおりました」

「おりょうはそんなことひと言も言っていなかったがな」

「助五郎さんに訊いてくださいよ。一緒でしたから」忠七は店のほうをしきりに気にしながら言った。「すぐに店に戻らないといけないんですがね。いったい何をお調べになられてるんです?」

「殺しだよ。辰次が殺されたんだ」

忠七は一瞬目を剝いて驚いた。

「どうした？　殺されたと知っていたのか？」

「私は何も知りません」明らかに動揺した声をあげる。

「そうか。ところで助五郎というのはどういう男だ？」

「どういうって……私は矢場で知り合っただけで、よくは存じ上げませんが」

「実はその昔、大きな事件を起こしたみたいでな」

「そ、そのようなこと、どうして私に……」

「まあ、あまり深入りしないほうがいい奴かもしれないってことだよ」清四郎は笑顔をつくって言う。こうして鎌をかけたのは忠七が性格的に弱そうだと感じたからであった。

「もうよろしいですか」案の定、忠七は目をせわしなく動かして焦りを滲《にじ》ませている。

「忙しいとこ悪かったな。もういいよ」

忠七は逃げるように急ぎ足で店の中へと入って行った。

殺しに関わったかどうかはさだかではなかったが、忠七もおりょう同様、何か事情を知っているのは確かだった。とにかく左平次と話をすり合わせてみなければわからないと思い、清四郎は歩き出した。

日が傾くにつれ、冷え込みがきつくなってきた。歩きながら辰次殺しの流れを頭の中で整理しようとするが、やはり左平次のことが気にかかってまとまらない。

「若旦那！」

幸町《さいわいちょう》にある左平次の長屋近くの路地を歩いていると、後ろから仙太が声をかけてきた。

「おう仙太、どうだった？」

「それがもう驚きやしたよ」

「お前、今日は驚いてばかりだな」

「そりゃあそうですよ。あんな左平次さんは初めて見やした。いえね、あれから左平次さんは神田《かんだ》旅籠町《はたごちょう》近くにある、丹波《たんば》笹野《ささの》藩の中屋敷に真っ直ぐ行きましてね、番人を突き飛ばして裏門から勝手に入って行ったかと思ったら、男の首根っこをつかまえて引きずり出してきたんですよ」

「それが助五郎か」

「そうなんですよ。しかも左平次さんは何かお尋ねになるでもなく、鬼の形相で馬乗りになってボコボコに殴りつけてるじゃあありませんか。他の中間や女中たちも屋敷から出て来たんですけど、左平次さんは暴れ馬みたいで止めようにも止められないって感じで……」

そこで仙太は一度生唾を飲み込んだ。

「それでどうなったんだ？」

「このままじゃあ殺《や》っちまうと思ったんで、あっしが止めに入った次第でさあ」

「本当か？」

「こんなこと冗談でも言えませんや。そしたら左平次さんは最後に助五郎を蹴飛ばして行っちまったんでさあ。あっしが助五郎にわけを尋ねようとしたんですがね。助五郎は気を失って他の中間たちに運ばれて屋敷の中に連れて行かれたんでさあ。そばにいた女中に訊いたら、左平次さんがいきなり屋敷に入って来て助五郎はどいつだと。助五郎が出て来るとお尋ねになることもなく暴れ出したそうです」

仙太は唾を飛ばしながら興奮覚めやらぬといった感じで話した。清四郎にはにわかには信じ難かったが、仙太の様子からその通りのことがあったんだと思うしかなかった。

「なんでそんなことをしたんだろう」つい独り言のように清四郎は言った。

「よくわかりませんけど、なんて言いますかね、相当な恨みがあるように見えましたけどね」

「そうかもな……ま、とりあえず左平次さんの家に行こうか」

「へ、へい」

清四郎は仙太を伴い、左平次の長屋へと向かって歩いた。

左平次の長屋に着いた頃には日が暮れ、薄暗くなり始めていた。長屋のあちこちから焼き物や煮物の夕餉《ゆうげ》の匂いがもれ、薄らと煙が立ち込めている。騒ぐ子どもの声や叱る女房の声、赤ん坊の泣き声が間断なく聞こえていた。権助《ごんすけ》はいつものように左平次の家の前で寝そべり、近づいて来た清四郎と仙太を上目遣いで見た。清四郎は権助の頭を撫でる気にもなれず、障子戸を叩いた。

「清四郎です。言いつけ通りに来ました。入りますよ」

戸を開けて清四郎と仙太は中に入った。

左平次は部屋の真ん中で清四郎に背を向ける格好で、片肘ついて寝ていた。清四郎はためらいもなく部屋に上がり、左平次のそばに正座をした。仙太も戸惑いながら清四郎の後ろに座った。

「左平次さん、忠七から話を聞いてきましたよ」

声をかけると左平次は身を起こし、伸びをして大きなあくびをしながら、清四郎のほうを向いてあぐらをかいた。

「どうせおりょうと同じようなことを言っただろう」

「ええ。辰次が殺されたと聞いたときの表情もおりょうと同じで驚いてましたが、何か隠してますね」

「助五郎も同じだったぜ」

左平次はうなじあたりをトントンと右手の拳で軽く叩きながら言った。助五郎を強く殴ったせいだろう、拳が少し赤くなっている。

「ということは、三人は殺しはしていないということでしょうか」

「そう言い切るのはまだ早えや。驚いた真似をしているのかもしれねえしな」

「咄嗟《とっさ》にそんなことができるもんですか？」

「世の中にはいろんな奴がいるからな。できる可能性がある以上はできねえと決めつけるもんじゃあねえや」

「思い込みは禁物ですね」

「そうだ」左平次は清四郎をジロリと見て言った。何か言いたげだが言えないような、もどかしさを左平次の目の色に感じた。

「今後ですが、辰次の女房に会って、富札のことを訊いてみようかと思いますが」

「この前お前が女房と会ったときには富札の話なんぞしていなかったんだろう？」

「ええ。ただ、女房のおせんが出入りしている浄海寺の住職によりますと、この半月ほど、辰次は人がちがったようになったと申しておりました。仕事にも行かないで、酔っ払って帰って来たりしていたとか。きっと千両が当たったことが影響していたのでしょう。尤も、おせんには心当たりがないと申しておったようですから、富札の話など知らなかったのかもしれません」

「どうしてそうと言い切れるよ。その話は出入り先の坊主から聞いたんだろ？　本来はその足でもう一度おせんと会って確かめるべきだったんじゃあねえか？」

「確かにそれはそうだと思いますが、おせんも亭主を亡くしたばかりで気疲れもあろうかと思いまして」

「バカ野郎、そういうつまらねえ言い訳をするんじゃあねえってんだ。そうやってもたついている間にも咎人は逃げるかもしれねえんだぞ」

清四郎は胸の内でやっと左平次らしさが出てきたと思ったが、左平次はそれきりまた片肘をついて向こうむきに横になってしまった。拍子抜けした思いで清四郎は左平次の背中を見つめた。助五郎とのことに触れるかどうしようか迷ったが、やはり言うべきことは言っておかないといけなかった。

「……仙太から聞きましたよ。助五郎を滅茶苦茶に殴りつけたって」

左平次は動かなかった。

「助五郎と左平次さんとの間に何があったかは知りません。でも今日のように公私混同をなさっては、事件の探索にも悪い影響を及ぼしますし、番所の立場もまずくなりますので、今後は気をつけていただきたく思います」

清四郎は左平次が反発するように、わざと刺《とげ》のある口調で言った。左平次は依然として何も言わないし、動きもしない。夕方の残光もわずかとなり、薄闇に左平次の影だけが浮かんでいた。

「聞こえていないんですか？」

「聞こえてるよ。今日はもう終わりだ。帰えりな。ああそうだ、仙太よ。明日は湯島に行ってな、助五郎と忠七が通ってた賭場を調べて、二人のことを訊いてくるんだな。湯島には松蔵《まつぞう》っていう貸し元がいる。俺の名を出せばすぐに教えてくれるだろうよ」

左平次の声は思いのほか静かだった。

「へ、へい」仙太は清四郎の顔色をうかがいながら言う。

「では明日はおせんのもとにまいりますので。茅町一丁目次右衛門店です……失礼いたします」と言って清四郎は刀を持ち、仙太とともにたたきに下りた。

「ああ一つ言い忘れたが」と左平次の声がして清四郎は足を止めた。「二度と助五郎の話を俺の前でするんじゃあねえぞ」

「したらどうすると仰るんです？」

「てめえとは縁を切る」

清四郎の胸に深く突き刺さった。言い知れない腹立たしさがこみ上げてくる。

「どうぞ切ってください。私はあなたの息子でも何でもない、赤の他人ですから」清四郎は吐き捨てて家を出た。

「あんなこと言ってよかったんですかい？」

木戸を潜り、夕闇の中を歩きながら仙太が言った。

「俺が何か間違ったことでも言ったというのか？」

「いいえ、そういうわけじゃあねえんですが……」

「いいんだよ。俺にだって考えがある。いつまでも左平次さんの言いなりにはならないさ」

「助五郎のことなんか言わなけりゃあよかったなあ」

「お前は俺の小者だろう？　言ってもらわないと困るよ」

それきり二人は清四郎の家に着くまで、黙って歩き続けた。清四郎の腹立ちは治まらず、時が経つにつれて増していった。表向きはありきたりな諫言をしたが、実のところは左平次の身が心配でならなかったのだ。ふだんはあんなに冷静で切れ者の男が、感情的且つ暴力的になることへの危うさを感じ、止めなければならないと痛感したのだ。

　仙太と別れて家に入り、妙と夕餉を食べているときもその感情はまったく減じなかった。いつものように妙は少量ずつ食べ、給仕をするお竹は淡々としている。平穏な日常に清四郎はかえって左平次の心情に思いを馳《は》せてしまう。

「母上は丹波笹野藩の助五郎という中間をご存知ですか？」

　夕餉を食べ終え、茶を飲みながら妙に訊いたが、

「さあ……その中間がどうかしたのですか？」と問い返してきたので話はそれで終わった。本当に知らないという素振りを見ながら、愚問だなと清四郎は思った。もし妙が左平次と助五郎の結びつきを知っていたとしても話さないだろう。

　寝床に入っても清四郎は左平次が暴れたことが頭から離れず、なかなか寝つけなかった。

（どうしてこんなに気持ちになるんだろう？）

　考えてみたが明確な答えは出なかった。ただこれまでつきあってきて、左平次の自分を捨てたような、どこか捨て鉢な気分が垣間見えることに不安を覚えた。とはいえ自分の力ではどうにもならないような、無力さを感じる。こんなとき、左平次なら

「くだらねえこと考えてる暇があったら事件のことを考えろ」と怒るだろう。だが清四郎にとって事件と同様、左平次の思いがけない乱れは重大事になってしまっていた。この煮え切らない思いをすっきりさせるには真相を探るしかない。縁を切られたってかまわない、明日にでも思い切って尋ねてみようと思いながら、ようやく眠りについた。

六

清四郎と左平次を前に、おせんは終始畳に目を落としていた。正確には清四郎がおせんと向き合って座り、左平次は清四郎の後ろであぐらをかいて座った。今朝、清四郎がこの長屋に来てみると、すでに左平次が木戸口にもたれて待っていた。清四郎は短い挨拶を交わしただけで一緒におせんの家を訪ねたのだった。

部屋の中は夫婦二人暮らしを象徴するように物が少なく、掃除が行き届いてきれいだった。底冷えのする日だったが、家の中に射す陽光は暖かだった。

「住職の話は本当か?」

清四郎は一昨日に住職から聞いた話——半月前からの辰次の異変——をした後、おせんに確かめた。

「……はい」

「どうしてそれを言わなかった？」

おせんは清四郎を見た。

「夫が殺められて、驚きのあまりそこまで思いが至りませんでした」

「そうか。では尋ねるが、なぜ辰次が突然仕事もしないで酔っ払って帰って来るようになったか理由はわかるか？」

「わかりません」

「夫婦二人暮らしだ。理由を訊かなかったのか？」

「……訊きませんでした」

「なぜだ？」

「何だか怖くて……」

「怖い？」

おせんは答えず目を伏せた。

「何が怖いんだ？」

「そいつあ訊くだけ野暮だぜ」背後で左平次の声がした。

「なぜです？」

「この女房は亭主にぞっこんなんだよ」

「それがどうして怖いんです？」

「おめえはまだケツが青いなあ。酒や博奕に走るならともかく、辰次にもし女でもできて、とられるかもしれねえと思えば訊くに訊けないことだってあらあな。尤も、うちの隣の女房なんざあ亭主に馬乗りになって問い詰めてたがな。女もいろいろだ」

そういうものかと思って清四郎はおせんを見た。おせんはその通りだというように清四郎を見返している。清四郎は次に何を尋ねようかと言葉を探した。

「訊きてえことがねえならもう引き上げようぜ」左平次に言われて清四郎はムッとなった。

と、いきなり戸がガラッと開き、男の子が三人ばかり飛び込んで来た。

「おねえちゃん、みんなが待ってるよ！　早く来て！」

一番年長の子どもが声を弾ませた。寺に預けられている子どもたちだった。とたんにおせんは笑顔になった。

「ごめんね。すぐに行くから」

「邪魔したな」そう言って左平次は腰を上げかけたが、「そうだ。ご亭主がね、富札で千両当てたみてえなんだが、あんた知ってたかい？」と、ど真ん中の問いかけをしたのだった。

清四郎のほうがぎょっとしたが、おせんが一瞬動揺の表情を見せたのを見逃さなかった。

「いいえ、知りません」

「本当か？」おせんをじっと見据えて清四郎が問う。

「知りません」語気を強めておせんは言った。

「それが半月前のことなら辻褄《つじつま》が合うんだがな」独り言のように左平次が言った。「ま、女に走ったんじゃあねえからよかったじゃあねえか」

その言葉にもおせんの表情は硬いままだった。

左平次は何ごともなかったかのようにたたきに下り、笑顔で子どもの頭を撫でて出て行った。清四郎も慌てて続いたが、左平次の凄みを見た気がした。

「おせんは富札が当たったことを知ってますね」

「言うことはそれだけか？」

「え？　それだけかって……」

「辰次が仕事をやらなくなって飲んだくれるようになった原因にちげえねえと、おせんがなぜ言わなかったかってことだよ」

「……なぜでしょう？」

「知らねぇよ。てめぇの頭でよく考えるんだな」

言われて清四郎は考えてみたが、やはり答えに行き着くことができなかった。

二人は茅場町の自身番に入り、例によって書役と番人を外に出した。そこで仙太が来るのを待ったのだった。

待つ間、清四郎は丹波笹野藩の助五郎のことを訊こうと何度も思ったが、できなかった。煙管《きせる》を吸ってもの思いに耽る左平次の体から、殺気のような気配が漂っている。清四郎がそれを問えば、本当に縁を切るだろう。あらためて左平次の秘密を知ることと縁を切られることを天秤にかけ、躊躇《ちゆうちよ》してしまったのだった。

四半刻ほど経った頃に仙太はやって来た。今日も手に風呂敷包みを提げていた。またみくらの弁当が食えると思うと、清四郎の体に力がみなぎるようだった。

「何かわかったかよ」

弁当を食べる前に左平次が仙太に訊いた。

「へい。助五郎も忠七も根っからの博奕好きですぜ。はまりにはまって二人とも何十両っていう借金がありまさあ」

「そうだろうと思ったよ」

「ついでにおりょうについても調べたんですがね。この女のほうは富札にはまってこれも何十両という借金がありますさあ。同じ金貸しから聞いたんで間違いありません」

「となると、もし辰次の口から千両と聞けば何がなんでも欲しいだろうな」清四郎が言った。

「あっしも考えたんですがね。しかもですね……ま、これを食いながら話しやしょうか」と風呂敷包みを開くと例の三段の重箱があらわれた。

「おっ、今日こそ鰻か？」

「若旦那すまねえ」と、蓋を取ると、とろろ飯と大根、小松菜の煮物が詰まっている。

「何だこれは……あの一膳飯屋のか」

「さすがに今日はみくらまでは行けませんや。これで我慢してくだせえ」

「しょうがない。贅沢を言ったらまた左平次さんに叱られるからな」

「ふん、いらねえことを言うんじゃあねえよ。その一膳飯屋というのはおめえたちが富札の話を聞いたっていう親爺がいる店か？」

「ええ、矢場の向かいにありましてね。そこの親爺から、連中が富札を買う話をしてたって聞いたんでさあ。よくできた親爺でしてね。頼みもしねえのに酒まで出してくれて、若旦那があまりに安いというんで余分に銭を払おうとしたら、受け取れねえって。江戸っ子はああじゃあなくっちゃあいけねえや」

「仙太、いらねえことベラベラ喋ってねえで、さっさと食おうぜ」焦れて清四郎が言う。

三人はそれぞれ弁当を食べ始めた。腹が減っていれば美味かろうと清四郎は思ったが、食べてみるとやはりみくらとは比べものにならず、腹を満たすだけのものだった。

「でも粂三《くめぞう》からね。あ、粂三ってえのは一膳飯屋の親爺ですけど、面白い話をしてくれたんですよ」食べながら仙太が話し始めた。「四人があの店で会ってから、一度だけ辰次とおりょうが二人連れで来たらしいんですよ」

「前に聞いたときは来ていないと言ってたじゃあないか」

「それが後で思い出したとかでね。二人はヒソヒソ小声で話してたらしいんですが、一度だけおりょうが『千両?』って驚きの声をあげたっていうじゃあねえですか」

「つまり、辰次は千両当たったことをおりょうには話したかもしれないってことだな?」

「へい、そうなりますかと……どうでしょう? その話をおりょうが助五郎と忠七にもしたとすれば」

「仙太、お手柄だったな」左平次が襟もとに挿した楊枝を取り、歯をせせりながら言う。

仙太は歯をむき出しにして嬉しそうに笑みを浮かべる。

「となればだ。三人のうちの誰かが殺ったとしてもおかしくはないな」清四郎がとろろ飯をかき込んで言うと、左平次が鼻で笑った。

「何だっておりょうが二人を引き込むんだよ」

「女の弱い力では殺せないからですよ」

「持ちかけるのは一人で十分じゃあねえか」

「それはそうですけど。あ、三人で結託するという手もありますね」

「そうですよ。三人で第六天神社に呼び出して、当たりの富札を出せと脅した」仙太が清四郎の言葉を引き取って言った。

「うん。だが辰次に拒まれて殺した」

左平次はまた鼻で笑った。

「まったくおめえたちはおめでてえよ。千両当たった奴が夜に呼び出されてそんなとこにのこのこ出かけて行くか？」

「はあ、では何か事情をつくって呼び出したのではないですか？」

「それは調べてみないとわかりませんが」

言いながら清四郎はまた左平次の凄みを感じていた。すでに左平次は先の先を見通している気がする。出会った頃はわからなかったが、今はそれがはっきりとわかった。

左平次が立ち上がった。

「さて、俺はちょっとやることがあるんでな。明日の昼九つにおりょう、助五郎、忠七、おせんをな、粂三とやらがやってる一膳飯屋に集めといてくれ。番屋じゃあ警戒するだろうからな」と言って出て行ってしまった。すでに事件が解決したかのような口ぶりに、清四郎は返事すらできなかった。

清四郎は助五郎と会って直接話を聞いてみようと思い立った。

「仙太、済まないが、おりょうと忠七、おせんに事情を聞きたいと声をかけてな。明日一膳飯屋に来るように言って来てくれ。皆を集めるとは言わずにな。それから粂三の店に寄って貸し切らせて欲しいと頼んでおいてくれ。銭がいるなら俺が明日払うのでな」

「承知しやした。助五郎はどうするんです？」

「俺が声をかけてくる」

「事情って何だよ」

「……大丈夫ですか？」

「心配するな。少なくとも左平次さんのように殴りはしないよ」

「気持ちはわかりますが、ほどほどになさってくだせえ」

それには答えず仙太が重箱を包んでいる間に清四郎は自身番を後にした。

丹波笹野藩の屋敷に到着すると、清四郎は裏門へとまわり、門番に、訊きたいことがあるので中間の助五郎を呼んで欲しいと伝えた。すると門番は不審げに清四郎を見て、

「昨日来た岡っ引と何か関わりがあるのか？　あれば通さぬようにとのお達しが出ているのでな」

「いや、それは知らん。富札のことで話したいと伝えてくれればわかる」

番人は承知して屋敷内へと入って行き、しばらくすると助五郎を連れて出て来た。顔に青痣《あおあざ》をつくり、腫らしていたのですぐにわかった。

「話って何だよ」助五郎は警戒の色を浮かべ、清四郎に言った。肌色が浅黒く、小柄だが肩幅のがっしりとした屈強そうな三十前後の男だった。

「歩きながら話そうか」

二人は歩き始めた。屋敷の白い土塀に暗い西日が当たり、鈍く光っている。地面は

乾き切って風が吹くと砂埃がたった。

「富札って何のことだい」

「その前に訊きたいことがあってな。昨日あんたを殴った男なんだが」

とたんに助五郎は足を止め、後ずさった。

「おめえ、関わりねえって嘘をつきやがったな」

「まあ落ち着け。俺は殴ったりしないから安心しろ」

だが助五郎はすぐにでも逃げ出しそうな、怯えた顔をしている。

「ひどく殴られたと聞いたが、何か心当たりはあるのか？」

「あるわけないだろ。あんな暴れ馬みたいな奴、会ったこともねえよ」

「しかし、何か理由がないとそんなに殴られるわけがないだろう」

「知らねえって。いきなり屋敷に入って来てよ、『中間の助五郎を出せ！』って言って、台所の皿を片っ端から割るし、向かって来る奴は殴り倒すし、手がつけられないほど暴れて、俺が出て行くと門前に引っ張り出してこのザマだ」

「それほどの騒動があれば、もちろん藩の御家来衆も知っているよな」

「ああ。側用人さまなどは暴れてるとこを見てたんだぜ。けど、乱心者ゆえ放っておけということになってな」不満そうに助五郎は言った。

「被った被害から言えば手討ちにされても仕方がないと思うが」

「そうなんだよ。それがことを荒立てるなとお達しが出てな。こっちは踏んだり蹴ったりだよ」

「……お前は本当にそいつを知らないんだな」

「知らねえって。誰なんだよ」

「本郷《ほんごう》佐平次といってな。もとは南町奉行所の廻り方をしていた男だ」

清四郎が言ったとたん、助五郎は驚きの表情になった。

「知ってるのか？」

「いや、知らねえ」助五郎は急に声を暗くする。

知っていると感じたが、これ以上問い詰めても話さないだろう。清四郎は話題を変えようと思った。

「ところでお前、仲間と割札を買っただろう？」

「え？　ああ、買ったけどそれがどうしたんだい」

助五郎が微かに動揺の色を浮かべたのを清四郎は見逃さなかった。

「そのことで話を聞かせて欲しくてな」

「……何の話があるっていうんだい」

「大工の辰次が殺されたのは知ってるか？」

「えっ、何だって？　殺された？　誰に殺られたんだ？」

「だからそれを今調べているところなんだ。いろいろ経緯を聞かせて欲しくてな。明日の昼九つ、矢場の向かいの一膳飯屋に来てくれ。いいな」と行こうとするが、「ああ、そうだ。おりょうと辰次だがな。どんな関係だったか知ってるか？」と訊いた。

別れ際に訊いたのは、少し左平次の真似をしてみたのだった。

「どんな関係って……ありゃあできてたみたいだけどな。大工ってそこそこ実入りがいいだろ？　だからおりょうのほうから言い寄ってよ。しかも――」と言いかけて助五郎は口を閉ざした。

「何だ、言ってみなよ。お前が言ったとは誰にも話さないから」

「おりょうが腹ぼてになったんだよ」

「本当か？」

「ああ。本人が言ってたからな」

「そうか。では明日必ず来るんだぞ。来なければ咎人とみなしてお縄にするからな」

「行くよ、行きますよ」慌てて答える助五郎の声を聞きながら清四郎は歩き出した。

清四郎は頭の中を整理するのに少し時を要した。左平次はいきなり暴れまわったというが、同心時代に丹波笹野藩への遺恨があったとみるほうが自然ではないかと考えた。それに助五郎は左平次の顔を知らないが、「本郷佐平次」の名を知っているのは明白だ。となれば助五郎は過去に左平次の恨みをかうような事件に関わっていたのではないか。騒ぎを不問にした丹波笹野藩も怪しいし、藩ぐるみの事件だったのかもしれない。

だがそれ以上のことはわからず、清四郎は事件のほうへと思考を転じた。

おりょうが身籠っていたと聞いて、彼の頭には子のないおせんの顔が浮かんだ。それを知ったらさぞ打ちのめされるだろう。おせんは何かを隠している。そのことと殺しに何か関わりがあるのではないかと思った。千両という富札に気を取られすぎて、重要なことを見落としているのではないか。

と、そのとき清四郎は誰かにつけられている気配を感じた。どうするかと逡巡《しゅんじゅん》したが、この機を逃すまいと往来から神田旅籠町二丁目の路地に入った。案の定、誰かつけて来る。

逢魔《おうま》が時、目が利かない気がして清四郎は焦りを感じたが、歩を緩め、相手を引きつけてからさらに人気《ひとけ》の無い路地裏に入ると足を止めた。背後の相手も足を止める。尋常でない殺気を背中に感じる。鯉口《こいぐち》を切る音がした。その瞬間清四郎は横に飛び、振り向きざまに刀を抜いた。相手の刀が凄まじい勢いで振り下ろされる。清四郎は身を引いて避けたが、刃は空を切って顔のわずか一寸先ほどを過ぎていった。清四郎も負けじと相手の胴を払う。が、相手は飛び退き、踵《きびす》を返して駆け去った。

清四郎はその場にどすんと腰を落とし、肩で息をした。冷や汗が背筋を流れていく。相手の顔を見ることはなかった。

(丹波笹野藩の者だろうか……)

彼は重い腰を上げて立ち上がり、夕闇の中を歩き出した。

(いや、ひょっとして、助五郎たちが浪人者でも雇ったのか……)

いずれにしろ汚い奴らだ。怒りが込み上げてくる。清四郎は額に浮かぶ脂汗を拭いながら歩き続けた。

七

昼九つより半刻ほど前に清四郎と仙太は一膳飯屋にやって来ると、粂三にそれなりの銭を渡して断りを入れた。

前日に何者かに襲われた怒りの感情は、収まるどころか募るばかりで、清四郎はその気持ちを抑えつつ、仙太の前で皆を待ち受けた。

「連中は来ますかねえ」

「来るさ。来なければ咎人と疑われるんだからな」

二人が話していると、おせんがやって来た。

「店の中で待っていてくれ」

清四郎が言うと、おせんは黙って頭を下げ、店の中へと入って行った。その後は向かいの矢場からおりょう、続いて忠七、最後に助五郎が来て店に入った。おりょうは太々《ふてぶて》しく、忠七は恐々と、助五郎は開き直ったような態度だった。

だが九つをとうに過ぎても肝心の左平次がなかなかあらわれない。

「遅いなあ、左平次さん。どうしたんでしょうねえ」通りの向こうを見ながら仙太が言った。

と、戸が開いておりょうが顔を覗かせ、

「早いとこやっとくれよ。あんた方みたいにあたしたちは暇じゃあないんだよ」

清四郎の中で何かが弾けた。

「黙れ！」

そう言うとおりょうを店の中に押し込み、雑然と板間に座っている皆の前に座った。

仙太は清四郎の剣幕に驚きながらも、誰も逃がさないように戸口に立った。

「これまでの調べで、富札で辰次が千両を当てたことは明白となった。お前たちがそのことを知っていることもな」清四郎が声を大きくして言うと、助五郎やおりょう、忠七、おせんは驚きの表情になった。

「それなのになぜ、お前たちは俺にその話をしなかったんだ?」

「話す必要がないからだよ」助五郎が鼻で笑って言う。

「何の関わりもないのであれば、辰次が殺されたと知ったとき、千両を当てたことがきっかけになったのではないかと思い至り、町方に伝えるのがふつうだろう。だがやましいところがあれば千両の話などしたくはないはずだ。どうだ忠七」

不意に名を呼ばれて忠七は身をすくめた。そして観念したように、助五郎やおりょうを見てから清四郎に、

「実は……辰次さんが千両当てたと知って、この三人で半分はもらわないと納得いかないって話になったんです。もともと四人で割札を買う話がなければ、辰次さんがついでに一枚買うこともなかったということで……」

「それで辰次を第六天神社に呼び出して脅したんだな。半分よこせと」

「ええ。でも辰次さんは最初十両くらいしか出せないと言って……」

「揉《も》めて誰かが刺したのか」

「ちがいます」忠七は思わず手を振って否定した。「確かに押し問答にはなりましたが、結局辰次さんが五十両なら出すと折れて、そこで手を打って帰ったんです」

「間違いないな」

清四郎は三人を睨みつけた。三人は、「間違いありません」「その通りだよ」「嘘じゃあない」と口々に言い、その表情から嘘ではないと感じた。

「ではひとつ尋ねるが、どうやって辰次を誘い出したんだ？　俺が辰次の立場なら、警戒してのこのこ出かけて行かないと思うがな」

三人はまた顔を見合わせた。すると今度はおりょうが、

「あたしが誘ったんだよ。赤子を孕んだって……」

その言葉に反応し、おせんが顔を上げておりょうを見た。

「身籠ったからと言って、わざわざそんなところで会うのもおかしいだろう」

「それは……」おりょうはおせんを意識して口籠もる。

助五郎が笑った。

「はっきり言えよ。辰次の女房にバラされたくなけりゃあ神社に来いと脅したってよ」

「もとはあんたの入れ知恵だろ？　脅そうって言い出したのはあんたじゃあないか」

「何でたらめ言ってやがる。このアマあ」と、助五郎がおりょうに摑みかかるが、どちらからともなく戸口を見て動きをピタリと止めた。

左平次が立っていた。棒立ちだが無表情なのがかえって不気味に感じられた。助五郎はおりょうから離れ、壁際に逃げた。

「仙太、ちょいと頼まれてくれねえか」左平次は仙太に言う。

「へい。何でございましょう」

左平次は何ごとか仙太に耳打ちをした。

「合点だ」聞き終えると仙太は店を飛び出して行った。

左平次はゆったりとした動作で板間に上がると、清四郎の背後に座った。

「清四郎、続けろ」

「はい」てっきり左平次が取り仕切ると思っていた清四郎は意外だったが、任された以上は必ずやり遂げてみせると念じ、おせんを見た。

「おせん、お前も辰次が千両当たったことは知っていたな」

おせんは清四郎のほうにきちんと体を向けて座り直した。

「はい。うちの人から聞いて、知ってました」

「なぜ知らぬと嘘をついた？」

「それは……」おせんは言い淀む。

おりょうが笑った。

「辰次さんが殺されたのは千両のせいなんかじゃあないよ」

「何だと？」

「あたし聞いたんだ。辰次さんから『女房に殺されるかもしれない』って。あたしとのことがバレたみたいだって言ったんだよ」

「お前はおりょうとのことを知っていたのか？」清四郎はおせんに訊いた。

「……相手が誰だかは知りませんが、『よそに子ができた』と聞きました」

「その女が悋気《りんき》してやったんじゃあねえのか？」助五郎が決めつけるように言った。

「そういえば、辰次さんは子がないことをずいぶん愚痴っていましたからね」忠七も加勢して言う。

「お前たちは黙ってろ！」清四郎の一喝に二人は不満げな顔で口を閉ざした。

おせんは抗弁もしないで、床板に目を落として何か考えている。

「どうなんだ、おせん。それほど辰次に惚れているお前が殺ったとは、俺には思えぬがな」

おせんは静かに目を上げた。その目に薄らと涙が滲んでいる。

「あの晩、辰次さんは私によそに子ができたと打ち明けた後、女と話をつけてくると言って出て行きました。私は、このまま捨てられたらどうしようと思いました。死ぬまで使い切れない銭があって、好きな女がいて、子があれば、私などどうでもよくなるのではないかと……それで、包丁を隠し持って、辰次さんの後をつけて行きました」おせんはそこで助五郎たちを見て話すのをためらった。

「おせん、いいから続けろ」

「……第六天神社まで行って、物陰に隠れて、うちの人とお三方との話を聞きました……そうしましたらうちの人が、もう女のところにも行かないし、十両という銭で悪縁を切ろうとしていることがわかって……私は安心してそのまま家に帰ったのです」

「嘘をおつきでないよ。あの人はあたしにぞっこんだったんだ」

おりょうが言うと、「いいんです、もう」と投げやりな調子でおせんが声をあげた。

「私が辰次さんを殺めたんです……実際、いっそ辰次さんを殺めて、私も死のうと一度は思ったんですから……もうこの世に辰次さんはいないんです……私なんかもうどうなったっていいんです」

清四郎は無性に腹が立ってきた。

「バカ者!」

おせんは驚いた顔で清四郎を見返した。

「それでいいのか?　寺ではお前を待っている子どもたちがいるんだぞ。お前が罪人となって死罪にでもなれば、あの子たちがどれだけ嘆き悲しむかわかってるのか?　ただでさえ親に捨てられて傷ついているというのに、これ以上傷を負わせてどうする。よく考えろ」清四郎は夢中で言った。おせんは清四郎を見つめていたが、わっと両手で顔を覆って泣き出した。しばらくの間、みな黙ってその声だけを聞いていたが、助五郎が、

「まあ、どっちにしたって俺にはもう関わりがねえってわかったんだから、もういいよな」と腰を上げて行こうとした。

「関わりがねえならそう慌てることはねえやな。もうちょっと遊んでいきなせえ」

清四郎の背後で淡々とした左平次の声がした。助五郎はごくりと唾を飲み込み、黙って腰を下ろした。左平次は清四郎の隣にあぐらをかいて座り直し、煙草入れから煙管を抜くと、莨《たばこ》を詰めた。

「粂三さんよ。煙草盆貸してくんな」

「へ、へい」ふいに呼ばれたせいか粂三はうろたえた声をあげた。そして煙草盆を持

って来て左平次の傍らに置き、台所へ戻ろうとしたのだが、

「あんたにもちょいと訊きてえことがあるから、ここにいてくれ」

「はあ……」戸惑いながらも粂三は皆から少し離れて座った。

左平次は炭火で莨に火を点けて吸った。煙に目を細め、おりょうや助五郎、忠七、おせんの顔を目で追っている。左平次のことだから何かを始めるのだろうが、清四郎にはそれが何なのか、まったく読めなかった。

八

左平次は黒鉄の四角い灰落としの角に雁首《がんくび》をコツンと当てた。その細かな動き一つ一つをおりょうたちは注視していた。ただおせんだけは深くうなだれ、まだ涙を拭っている。もちろん清四郎も左平次を見ていたが、彼が見ようとしているのは同じ動きでも心の動きであった。

「さて、お三方に訊きてえんだがな」と、左平次は切り出した。「はなから順々に聞かせて欲しいんだ。まず、辰次とあんた方はこの店で割札を買うと話し合って、買う数も決めた。そうだよな」

「ええ、そうですよ」と、おりょうが言った。

「それで辰次が買う役を引き受けた。だが辰次は割札とは別の富札を買っていて、そいつが千両当たった。助五郎さんよ、そうだよな」

「ああ」助五郎は目を合わせないで答えた。

「さあここからだが、三人で辰次を脅して銭をせしめようとした話はどこでやったんだ？」

「この店ですよ」と忠七が言った。

「だろうな。ところがだ。ここにおわす粂三さんはだ。三人の悪巧みは知らねえっていうんだ。そうだったよな」

「え……あ、いえ、その、そういえば思い出しました。三人で会ってました」

「で、悪巧みは聞こえていなかったのかい？」

「台所のほうで焼き物やら煮物やらつくってましたんでね。耳に入って来なかったんでさあ」

「なるほどな。ちなみに助五郎さんと忠七さんはこの店の常連じゃあなかったよな」

「ちがいまさあ。割札の相談をするためにうちに来たのが最初でさあ」

「そうよ。俺と忠七はおりょうに誘われて初めてここに来たんだ」助五郎が助け舟を出すように言う。

左平次は黙って煙管を煙草入れにしまった。清四郎は左平次がなぜ粂三にしつこく尋ねているのか、だんだんと狙いがわかってきた。明らかに粂三を疑っているのだ。だが、狙いはわかるがどう落とすのか皆目見当もつかなかった。

戸がガラッと開いて仙太が飛び込んで来た。息を切らしているところを見れば、このわずかな間にほうぼう駆け回って来たのだろう。

「おっ、いいところに戻って来てくれたな。足が速えなあ」

「こんなの朝飯前でさあ」と、板間に上がると仙太は左平次にボソボソと耳打ちした。

「やっぱりな。ありがとうよ」左平次は口もとを綻ばせた。

粂三はもとより、おりょう、助五郎、忠七の三人も固唾《かたず》を呑んで左平次を見守っている。左平次はまた粂三を見た。

「いいかい粂三さんよ。ここにいるお三方と、おせんさんは殺っちゃあいねえって言ってる。もしそれが本当なら、それ以外の誰かということになるよな。となれば千両の大当たりを知ってるのはおめえさんしかいねえってことになる」

「お、親分さん、よしてくだせえ。三人のうちの誰かに千両が当たったかもしれねえとは思いましたけど、辰次さんだとは知らなかったんだから。そもそも何だってあっしが辰次さんを殺らなきゃあなんねえんですか」

「銭に決まってるじゃあねえか。おめえも博奕が三度の飯より好きなんだってなあ」

「……だったらどうだっていうんだ」

「三、四十両ほど借金があるっていうじゃあねえか。しかも筋の悪いとこから借りてるもんだから簀巻《すま》きにされる寸前だってな」

「だからっつって俺あ殺ってねえからな」

　左平次はおせんを見た。

「おせんさん、辰次が当たった富札をどこに隠し持っていたか知ってるかい」

　おせんは顔を上げた。

「はい。きれいに折り畳んで長い紐《ひも》のついた御守袋に入れ、紐を帯に結わえまして下帯の中へと差し込んでおりました」

「そうだよな。千両にもなる富札だ。てめえの体にしっかり身につけるのが一番の安心だ。じゃあ、ちょっとやそっとでは落っことさねえよな」

「ふだんから大事に身につけていた御守袋です。落とすことはあり得ないと思います」

　左平次は清四郎に目を転じた。

「清四郎、辰次の御守袋は亡骸から見つかったか?」

「いえ、そのようなものはありませんでした」

「だろうな。ということは、だ。辰次は大当たりの富札を盗まれたってことになる。辰次が千両当たったと知っているのは、おせんさんを除けばここにいる四人しかいない」

「待ってくだせえ。だからあっしは辰次さんが千両当たったなんて知らねえんですから、盗みようもねえじゃあねえですか」条三が言った。

「ん? そうか。だったら残りの三人のうちの誰かってことになるな」と、ジロリとおりょうたちを見る。

「バ、バカ言ってんじゃあねえや。俺たちは三人ずっと一緒だったんだ。殺しも盗みもしてねえよ」助五郎が左平次を警戒しながら言った。

左平次は仙太を見た。

「仙太よ、おめえまだ何か言いたそうだな」

「へい。実はこの条三は助五郎や忠七と同じ博奕仲間でさあ。同じ金貸しから仲良く一緒に銭を借りてるんですぐにわかりやした」

「ふーん、そうかい」左平次は条三、助五郎、忠七にそれぞれ鋭い視線を送った。

「おかしいじゃあねえか。てめえらさっき割札の相談に来るまで互いに見ず知らずだと言ったよな」

「そ、それはこの店に来たのが初めてで、外では顔見知りだったたってことよ」苦し紛れに助五郎が言った。

「じゃあ、あらためて訊くがな。咎人がてめえらでないとしたら、他に誰がいるってんだよ」

「そりゃあこっちが訊きたいくらいですよ」とおりょうが言った。

「そうか。それほど言うなら順序立てて聞かせてやろうか」

左平次の体が前のめりになった。ここからだと清四郎は思い、胸が高鳴るのを覚えた。まるで自分が芸居見物でもしているように気持ちが昂っていた。

「まずお前たち三人と辰次は富札を買う相談をするためにこの店に来た。ところがそこに条三も寄せてくれと言ってきた。いったんは五人で割札を買おうと決めて、辰次が買う役目をかって出た。ところがどういうわけか辰次は五割ではない四割の富札と、自分だけの富札を買って来たんだ。富札の数は自分で選べる。一千番と聞いて、てめえらは嘲笑った。そんな数が当たるわけがねえとな。だがそれが当たってびっくり仰天だ。ま、嘲笑ったてめえらほうがバカなんだがな。一番だろうが一万番だろうが当たる割合はみんな同じだ。銭に汚くて、困ってるてめえらは当然みてえに千両の半分、いや、それ以上の銭をよこせと迫った。だが辰次は十両以上の銭はやれねえと頑なに拒んだ。そこでてめえらは悪知恵をはたらかせてだ。おりょうが身籠ったとでまかせを言って第六天神社に辰次を誘い出し、富札を奪おうとした。それでも承知しない辰次を、辛抱たまらず粂三が包丁で刺して富札を奪ったんだ」

そこで左平次は相手の顔色をうかがうように見回した。四人は言葉もなく、愕然として左平次を見ている。清四郎は自分の予想を遥かに上回る左平次の見立てに総毛だった。富札の四割をてっきり辰次、おりょう、助五郎、忠七の四人分だと思い込んでいたところに間違いがあったのだ。言葉が出ないのは清四郎も同じだった。

左平次は続けた。

「その後だが、廻り方に嗅ぎつけられそうになったてめえらは、慌ててここで話し合った。千両を山分けすることにして、てめえらの都合のいいように筋書きをこしらえて、咎人が誰だかわからねえように示し合わせたのさ」

「そ、そんなの当て推量じゃあねえか。見たようなこと言うんじゃあねえやい」助五郎が吐き捨てた。

左平次はふんとひとつ鼻で笑った。

「清四郎、仙太。粂三を押さえろ」

言われるまま清四郎は仙太とともに素早く粂三の両肩を押さえつけ、動けないようにした。左平次は粂三の懐に手を突っ込むと、唐紅色の御守袋を取り出した。

おせんがあっとなった。

「そ、それはうちの人の御守袋です。私が縫ったからよくわかります」

「そりゃあそうだろうよ」と言って。左平次が御守袋を開けて取り出したのは折り畳まれた富札だった。

「いいか、よく見とけよ」

富札を広げて見せると、確かに〝壱阡番〟と書かれている。しかも血の染みが広がっていた。四人は射竦《いすく》められたように富札を見た。

「こいつあ誰の血だ。ええ？　誰の血か言ってみろ！」左平次は鬼の形相で言った。

「てめえら、たった千両の銭で人の命を奪いやがって、地獄に逝きやがれ！」

四人は返す言葉もなくうなだれた。おせんがまた両手が顔を覆って泣き出し、嗚咽《おえつ》を漏らした。

「私のせいです……私が辰次さんを殺めたんです……よその女を身籠らせたと聞いて、動転して、怒って、罵って、打って打って……あの人を、行く気のなかった六天さんに行かせてしまって……私のせいなんです！」

「おせんさん、そいつあちがう」

「いいえ私が悪いんです……本当は、辰次さんは、私と別れて、このおりょうさんのところに行きたかったのかもしれません……私は、子のない寂しさでやり切れなくて、辰次さんじゃあなくて、お寺の子どもたちばかりかまっていましたから……みんな私が悪いんです」

「バカ言ってんじゃあねえや」左平次の声は静かだが重々しかった。

おせんは泣き濡れた顔を左平次に向けた。

「お前さん、何もわかっちゃあいねえな。辰次がどうして一千番という数を選んだのか」

「え……」おせんはわからないという顔をしている。

清四郎も考えてみたが、わからなかった。そのうち仙太が――

「わかった！　おせんの千ですね」と驚きの声をあげた。

「そうよ。間違いねえ。おそらく買おうとしていた割札の数を選ぶとき、それぞれめえらの名からとった数を入れたんだろうよ。七、五、三とかな。その数を見ているうちに辰次はこう考えたんだ。俺は矢場の女に走っておせんに悪いことをしたと。せめてもの罪滅ぼしにあいつの名で、恋女房に一枚買ってやろうってな」

　おせんの目にまた涙が溢れ、泣き伏した。粂三の体から力が抜けてゆくのを感じ、清四郎は押さえるのをやめた。いや、清四郎の体から力が抜けたというほうが正しかった。

（左平次さんに比べれば、やはり俺など赤子も同然だ……）

　皆が黙する中で、おせんの啜り泣く声だけが聞こえていた。と、助五郎が突然懐から匕首《あいくち》を引き抜き、おせんに飛びかかると押さえつけ、首筋に切先を突きつけた。清四郎が向かって行こうとしたが、

「動くとこいつの命はねえ！」と、助五郎は凄んだ。追い詰められた、血走った目をしている。清四郎が少しでも近づけば本当に刺すかもしれなかった。横目で左平次を見れば助五郎を見据えて平然と座っている。助五郎は必死の形相で左平次を見た。

「富札を出せ！　でないと殺っちまうぞ！」

　清四郎は気が気でない思いで左平次の出方をうかがった。

　すると左平次は落ち着いた様子で懐から折り畳んだ富札を出し、助五郎の前に投げた。

　助五郎は左平次や清四郎を目で制しながら、慄《ふる》える手を伸ばして富札を取るなり戸

口に向かって駆け出した。

と、すかさず左平次が灰落としを取って助五郎目がけて投げつける。灰落としは見事に後頭部に命中し、助五郎は一瞬よろめいた。そこへすかさず清四郎が飛びかかった。仙太も加勢して押さえつけたが、助五郎は匕首は落としたものの富札は握り締めて放さず、必死の抵抗をして暴れ続けた。

そんな中、左平次が悠然と来て富札を握る助五郎の手首を取り、いきなり捻り上げた。痛みに「うっ」と声をあげ、助五郎は堪え切れずに富札を放して落としてしまう。

左平次はそれを拾った。

「助五郎よ、よく見ときな」

そう言うと左平次は煙草盆の火入れの、まだ赤黒く熾《おこ》っている炭に富札を近づけた。

「いけない左平次さん！　だめです！」清四郎は思わず大きな声をあげていた。

だが左平次はためらうことなく富札に火を点けてしまう。

「ああっ」と忠七の声が漏れた。

左平次の持つ富札はみるみる燃え上がり、黒い灰になってしまった。

それを見届けるとおりょうは衝撃のあまり倒れ伏し、助五郎は力尽きたかのように暴れるのをやめ、ぐったりとなった。清四郎も愕然として、仙太などは口を開けたまま、棒立ちになっている。

「ふん、こんなもなあ所詮は紙屑よ。燃えちまえばそれで終わりよ」と言うと左平次は助五郎に近づき、襟首を摑んで立ち上がらせた。その身から尋常でない殺気を感じた清四郎は（いけない！）と思い、二人の間に割って入った。

「左平次さん、いけません。事件はもう落着したんです。おやめください！」

清四郎と左平次は睨み合った。左平次の瞳の内に底知れない憎悪と悲しみを感じ取った。

「けっ、こんなことなら粂三なんざあ仲間に入れるんじゃあなかったぜ。辰次の野郎だって、おとなしく言うこと聞いてりゃあ死なないで済んだのによ。バカな奴だ」助五郎が吐き捨てた。

清四郎はカッとなり、助五郎を殴り飛ばした。大柄な清四郎の目方の乗った拳だった。助五郎は吹っ飛んでたたきに転がり、気を失って伸びてしまった。

「邪魔しやがって。後始末はてめえらでやれよ」と言って、左平次は店を出て行った。

左平次が戸を開けたとき、夕暮れ時の往来を忙《せわ》しなく行き交う男たちの群れを見た。いつしか店の中もひどく薄暗くなっていた。もうそんな時分になったのかと思うだけで、清四郎は何も考えられなくなっていた。店の中にいる皆が墨絵のように動かない。

そのうち自分がやるべきことを思い出した。

「仙太、こいつらに縄をうて。番所に連れて行く」

清四郎は板間で立ち尽くしている仙太に声をかけた。

九

「清四郎、浅沼さんが待ってるぞ。すぐに行け」

朝、清四郎が同心詰所に入ると、相馬が声をかけてきた。

「あ、相馬さん、お体はもういいんですか？」

「ああ。おかげさんでよくなった。駒野もうつったんだって？　迷惑をかけて済まなかったな」

「いえ、よくなられて何よりです」

「しかし聞いたぞ。殺しの咎人を、しかも四人もいっぺんにお縄にしたんだってな。大したもんじゃあないか」

「いえ、私は左平次さんの言う通りにしただけですから」

「いやいや。大した進歩だぞ。早く浅沼さんのところに行け。ほめてくれるはずだ」

「わかりました」清四郎は廊下を歩いて宿直の間に向かった。いくらほめられても清四郎は少しも嬉しくないし、気持ちもまったく晴れなかった。一つには千両が灰になったことがあり、もう一つは左平次と気まずく別れたことがあった。特に左平次とのことは振り出しに戻った気がした。思い切って助五郎を殴らせればよかったのかとも考えたが、そうなれば助五郎は半殺しにされていただろう。それだけはさせたくなかった。俺は正しいことをしたんだと清四郎は思い込もうとした。

宿直の間からは二人の笑い声が漏れ聞こえていた。誰かが来ているのだと思いつつ、

「佐々木です。お呼びになりましたでしょうか」と部屋の前で座って声をかけた。

「おう来たな。入れ」

清四郎が戸を開けて入ると、袈裟を着た年老いた坊さんが浅沼の前に座っていた。浄海寺の住職だった。

「まあ、わしの隣に座れ」

言われて清四郎は浅沼の横に座った。

「これは佐々木さま、此度《こたび》はおせんさんを救うてもらって感謝申し上げますぞ」住職は深々と頭を下げた。

「救うなど、滅相もござらぬ。こちらこそおせんさんには、事件に関わる重大事を包

み隠さず話してもらって大変助かった……しかし――」と、おせんの手に渡るはずだった千両の富札を、灰にしてしまった経緯を話し、清四郎は「申し訳ないことをした」と悔いた。

浅沼と住職は顔を見合わせ、弾けるように笑い合った。何がおかしいのかと清四郎が思っていると、

「何だ清四郎、お前左平次から聞かされていなかったのか？」

「何がです？」

「燃やしたのは左平次が職人につくらせた偽物だ」

「はあ？」

「本物はほれ、この通りここに」住職が懐から例の御守袋を取り出し、中から血のついた富札を出してみせた。

清四郎は愕然とした。清四郎が助五郎を押さえつけて騒いでいる最中に、左平次は本物と偽物をすり替えたのだ。

「お前、左平次にいっぱい食わされたんだよ」実に愉快そうに浅沼は言った。

富札が無事だったことに、清四郎は胸を撫で下ろした。

「左平次はな。ご住職のもとに富札を届けてな。孤児のために使うことを勧めたそう

だ。先を考えればそれが一番の使い道だと言ってな。もちろん、おせんも承知した」

「そうですか……」

「いや、誠にありがたい」と住職は実感を込めて言った。「もちろんうちの寺だけではなく、孤児を預かっているほうぼうの寺にも分けて使う所存でござる。これだけあれば当分の間、子どもらにお腹いっぱい食べさせてやれるし、着るものも買《こ》うてやれる」

　それを聞きながら清四郎は胸が熱くなり、こみ上げてくるものを堪えた。

「さて。長々と申し訳ございませんでしたな。おせんさんや子どもたちが待っておりますので、これにて失礼いたします」住職は笑顔のまま出て行った。

　清四郎はしみじみとした気持ちになり、しばらく黙って畳に目を落としていた。浅沼も黙っていたが、やがて、

「大した漢だ」と、ポツリと漏らした。

　その言葉に清四郎の中で再び疑念が頭をもたげ、どうしてもそれを訊いておかなくては耐え難い心持ちになった。

「そのような立派な方が、どうして廻り方をお辞めになられて、それどころか同心株まで売って町人になられたのでしょうか？」

浅沼は清四郎を見たが、口を開こうとはしなかった。

「もうご存知かと思いますが、四人の咎人の一人、助五郎は丹波笹野藩の中間です。左平次さんは、丹波笹野藩と聞いた瞬間から様子がおかしくなられました。そして屋敷に乗り込んで暴れ、助五郎をひどく殴ったと聞き及んでおります。ところがそのような傍若無人な振る舞いでありながら、丹波笹野藩からは何の訴えもお咎めもなかったと……これはあくまで私の推察ですが、同心を辞めて町人となられたことと何らかの関わりがあるのではないでしょうか。どうなのですか？」

聞き終えた浅沼は湯呑みの茶をひと口啜った。そして意を決したかのように真剣な眼差しで清四郎を見た。

「あれは七年前のことだ。左平次は清左衛門、つまりお前の父御と一緒にある大きな事件を内々に追っておった。内々と申すのは、互いの小者をはじめ平松さまや我ら廻り方同心にすら、二人は明かさなかったからだ。ところがそれから一年が過ぎた睦月《むつき》のある晩、左平次の屋敷に付け火がされ、妻と二人の息子が焼け死んでしまった……その日は左平次の宿直の日であった。おそらくは事件に絡んで左平次に探らせまいとする脅しであったのだろうが、あまりにも代償が大き過ぎた。もしかすると助五郎は付け火をした一人だったのかもしれぬ。その後、清左衛門は身内にもしものことがあってはならぬと手を引き、左平次はあっさりと同心株を売って町人になったのだ」

身が慄えるような思いで清四郎は浅沼の話を聞いていた。そういえば十一、二の頃、組屋敷で大きな火事があったなと思い当たった。二、三日の間、辺りにきな臭さが漂っていたことまで思い出す。

「浅沼さま、左平次さんは、たった独りで探索を続けるため、町人になられたのですね。そして、私の父とともに追っていた事件と申すのは、丹波笹野藩と何らかの関わりがあるのではないですか？」清四郎が言ったとたん、浅沼が今まで見せたこともない苦悩の色を目に浮かべた。

「その通りだ……しかも相手は丹波笹野藩だけではなかったようでな。いくつかの藩が結託して大きな不正をしておったようだ。だが藩ぐるみの不正ともなれば、我ら町方の出る幕ではない。本来はやってはならぬことを左平次はやろうとして、おそらくは付け火をされてしまったのだろう。これ以上のことはお前に明かすことはできぬ……以上だ」

それきり浅沼は黙って手にした湯呑みを見つめていた。清四郎も何も言えず、その湯呑みを見ていた。庭のほうから雀たちの遊ぶ賑やかな声が聞こえている。ふと清四郎の胸に浮かぶことがあった。

「浅沼さまは、左平次さんが今も続けようとしている探索を、何としてでも引き止めたいのではございませんか？」

浅沼は目を上げ、うなずいた。

「わしは平松さまと話し合った。そこでお前を左平次に鍛えさせると同時に、左平次が危ない道に足を踏み入れないようにしたいと考えたのだ。ともに行動をしておればお前から左平次の動きを聞くことができるからな」

「そうだったのですか……」

浅沼は微笑んだ。

「しかし、粗忽《そこつ》者と思っておったお前が、ここまで長足の進歩を遂げるとは、さすがは神さまだ。恐れ入ったよ。さ、今日は事件の記録を終えたら早々に帰れ。ご苦労であった」

このとき清四郎は、助五郎への聞き込みのために丹波笹野藩中屋敷へ出向いた帰り、何者かに襲われたことは黙っていようと思った。その代わり、浅沼に今言わなければならないことがあった。

「助五郎の付け火の一件、吟味方にて取調べるよう、浅沼さまから口添えしていただけませんか？」

「……それはできぬ。ご老中の命により、助五郎の身は今朝早く丹波笹野藩に送られたのだ」

「何ですって？」

「清四郎、この話はもう終わりだ。これ以上首を突っ込むのならお前を廻り方から外す。よいな」険しい顔で浅沼は言った。

本気だと感じ、清四郎は礼もせずに憮然《ぶぜん》と辞した。

同心部屋に戻ると清四郎は文机に向かい、事件の記録を始めた。だが、清四郎はすぐにぼんやりと筆を止めてしまった。彼が浅沼から聞かされた左平次の過去は、あまりにも重すぎた。そんなものを背負って生きてゆくことなど、自分にはとてもできそうになかった。だが左平次は苦悩を心に秘めて生きている。それだけではない。父親のように清四郎を見守ってくれ、時に叱咤して鍛え上げ、体を張って助けてくれた。

（左平次さんは俺のことを息子のように、ではなく、息子そのものだと思ってくれているんだ）

後悔が身に沁みる。わかったふうなことを言って、自分は何ひとつわかってはいなかった。

「私はあなたの息子でも何でもない、赤の他人ですから」などと、えらそうなことを言って、左平次を傷つけてしまった。

そのうち身に沁みるどころか激しい悔恨が肚の底から込み上げてきた。そして——

（左平次さんが藩ぐるみの不正に挑むというのなら、俺もともに闘うべきではないのか……）

事件の記録を終えて仙太とともに奉行所を後にしたが、清四郎の様子がいつもとちがうと察してか、仙太は一言も話しかけてこなかった。京橋のたもと、広小路で棒手振りや人足、商人や武士など、夥しい人の渦中に入ると、清四郎は何やら堪らない気持ちになって足を止めた。

「若旦那あ、大丈夫ですかい？」

そこで清四郎は浅沼から聞いた左平次の過去をすべて打ち明けた。聞き終えた仙太は神妙な顔つきでただひと言、

「家に帰りやしょう」とだけ言って清四郎に歩くよううながした。

言われるままに清四郎は歩き出した。こいつは何も感じないのかと清四郎は心外だったが、そのうち背後の異変に気づいた。振り向いて見ると、仙太が泣いていた。袖口で涙をしきりに拭っている。左平次のつらい心中に思いを馳せたのだろう。泣く奴があるかと思ったが、自分も泣きそうになるので清四郎は前を向いて黙って歩き続け

た。

家に帰り着替えを済ませると、清四郎は自室に寝転んだ。出迎える妙やお竹には笑顔をつくったが、誤魔化せたかどうかはわからなかった。

気づけば部屋の中には夕闇が立ち込めている。夕餉の仕度をしているのであろう、妙とお竹の笑い声を聞いた。とたんに清四郎はいてもたってもいられなくなり、台所へと行くと「ちょっと出て来ます」と言い捨てて家を出た。妙が何か言うのを背中で聞いたが答えなかった。

十

左平次はいつもの場所に陣取り、湯豆腐をつついてちろりの燗酒を飲んでいた。清四郎がその前に座っても、ジロリと一瞥しただけで何も言わなかった。

「いらっしゃい。左平次さんと同じものでいいですか？」お花が来て明るい声をあげた。

「いや、すぐ帰るのでな。何もいらん」清四郎が言うと、お花は変な顔で下がって行った。

みくらは今日も大繁盛で、人足や職人たちでごった返している。だが清四郎にはこの片隅だけが別世界に感じられた。清四郎は正座をしたまま、ずいぶん長く口を開かなかった。左平次も黙々と飲み、食べている。

「いらっしゃいませ。今日はほんとに何もいらないんですか？」お香が来て言った。

「え、ええ」

お香のいい匂いを嗅ぐと気持ちが揺らぐのを感じる。

「いらねえんだよ」左平次が憎々しげに言った。「こいつあもう帰えるんだよ」

「さっきから見てますけど、そうは見えませんけどねえ」

「女将、左平次さんの言う通りなんだ」

「そうですか。じゃあ気が変わったら呼んでくださいな」

お香は笑顔を残して去って行った。

清四郎は左平次を見た。小行燈の仄暗い灯りに浮かぶ左平次がやけに小さく見えた。何か言いたくてここに来たわけではなかった。ただ顔を見なければいけないような、そんな気持ちになっただけのことであった。だが、何か言わないと格好がつかないとわかっている。

「今朝、浄海寺の住職がお礼に来ました」

とたんに左平次の顔が不機嫌になった。

「あれだけ黙ってろって言ったのに、あのクソ坊主……」

「一つうかがいたいのですが」

「何だ」

「左平次さんはいつ粂三が怪しいと思われたのですか？」

「仙太から酒をつけてくれただの、余分な銭を受け取らなかっただのと聞いたときだ。廻り方に対してそんなことをする奴はやましいところがあるからだ。よく覚えとけ」

「……だから連中を一膳飯屋に集めろとおっしゃったんですね」

「当たり前《め》えのことを言うんじゃあねえや」

前置きはここまでだと清四郎は思った。

「それからあの……」

「もう何も言うな。酒が不味くなりそうだからよ」

「……しかし」

「しかしもやめろ」

「ひと言だけ、いいですか？」

「ダメだ。言うな」

「なぜです？」

「聞きたくねえからだよ」

「言いたいことを言うなというのは横暴ではありませんか」

「横暴だよ。ろくでもねえよ。けどよ、俺あそういう人間なんだよ。

「まだおめえはわからねえのか？　学ばねえ奴だ。呆れたもんだぜ」

このとき、清四郎は喉もとから迫り上がってくるものを堪えるのに必死だった。

「その通りです……左平次さんは……横暴でろくでなしで……はちゃめちゃで……嫌な人間です……」

「わかってりゃあいいや。ガキは早えとこ家に帰って寝るんだな」

「でも……でも……私にとって、神さまです……私は……大恩を返さねばなりません……」

左平次は何ともいえない、怒ったような悲しいような表情で清四郎を見ていた。

清四郎は両手をついて頭を下げた。

「ありがとうございます」

大きくはないが、明瞭な声で清四郎は言った。

「……てめえ、今度そんなことしやがるとただじゃあ済まねえからな」

左平次の声は静かだった。

「そんなこと……するかもしれませんし、しないかもしれません。それでは、失礼します」

清四郎は立ってたたきに下り、そのまま店を出て行った。

その夜も冷え込み、吐息が白かった。だが清四郎の心は清々しく、温かなもので満たされていた。冷気の中で見る星空がひときわ美しかった。

歩いていると、「若旦那、待ってくださいな」と後ろから声が聞こえてきた。清四郎が振り返ると、小走りにお香がやって来る。

「よかった、間に合って。これをお持ち下さいな」と、小田原提灯と四角い風呂敷包みを差し出した。「あぶ玉丼ですよ。左平次さんがね。『あの野郎に鰻はもったいねえ。これで十分だ』って。さ、どうぞ」

お香の笑顔に負けたように清四郎は提灯と包みを受け取った。

「風邪が流行っているみたいですから気をつけてくださいな。若いからって油断なさらないでね」

清四郎は黙って目顔で礼をした。

「あ、そうそう。左平次さんがね、『昨日の一膳飯屋での清四郎の働きは上出来だったと、伝えといてくれ』ですって……よかったですね」

「…………」

「本当によかった……またいらしてくださいね」

お香は光るものを目に浮かべて、また小走りで去って行った。

清四郎は何も思わないでまた歩き出した。

家に帰ると案の定、木戸門の前で妙が待っていた。

「どこに行ってたんです？」

「左平次さんと会っておりました」

「そう……」

清四郎は家の中へと入って行った。暗い仏間に足を踏み入れると、仏壇の前に正座をした。続いて妙が入って来て、仏壇脇の燈心に火を点けた。その灯りに父親の位牌《いはい》が浮かび上がる。

「お前が左平次さんに教えを請うているとお父上が知ったら、何と仰るでしょうねえ」

清四郎の傍らに座り、位牌に目をやりながら妙が言った。

「さあ、どうでしょう……」清四郎は言葉を濁した。

しばらく二人は黙って仏壇を眺めていたが、妙が、

「今晩は冷えるとお竹が言って、床の中に行火《あんか》を入れてありますからね。早くおやすみなさい」と明るく言って出て行った。

清四郎はあぐらをかき、風呂敷包みを開いた。折箱に引裂き箸がついている。折箱の蓋を取ると刻んだ油揚げにネギを卵で綴《と》じたあぶ玉丼があらわれた。出汁のいい香りが漂ってくる。腹が鳴った。

「いただきます」

手を合わせて言うと、清四郎は箸を割り、折箱を持ち上げ、あぶ玉丼を食べ始めた。つくりたてで、まだ仄かに温かかった。いつだったか、左平次の家で食べたときよりさらに美味しく感じられた。品のある出汁の旨味、甘味のある油揚げ、キレのあるネギの味――それらが渾然となって例えようもない美味さだった。

食べながら、知らず知らずのうちに、左平次と出会ってからの濃密な時の流れが頭の中で次々に甦《よみがえ》ってくる。出会う前は父親が亡くなって、自分の非力さにうろたえ、どうやって生きていけばいいのかさえわからなかった。だが今はもう不安も恐れもない。左平次のおかげだった。

これからは自分が左平次を支えなければと心に誓った。

（左平次さんは俺が必ず守ってみせる……命を賭してでも守るんだ……）

そう思うとなぜだか泣けてきて仕方がなかった。清四郎は涙をこぼしながらあぶ玉丼を食べ続けた。涙が混じり、丼の味が少し苦くなったが、それでいいと思った。

（少し苦いくらいが俺にはお似合いだ）

彼は涙で霞む丼を夢中でかき込んだ。

時代小説文庫
ま 19-1

落《お》としの左平次《さへいじ》

著者 松下隆一《まつしたりゅういち》

2024年 11月18日第一刷発行

発行者 角川春樹

発行所 株式会社 角川春樹事務所
〒102-0074 東京都千代田区九段南2-1-30 イタリア文化会館

電話 03(3263)5247[編集] 03(3263)5881[営業]

印刷・製本 中央精版印刷株式会社

フォーマット・デザイン＆シンボルマーク 芦澤泰偉

ISBN978-4-7584-4677-8 C0193

http://www.kadokawaharuki.co.jp/[営業]
fanmail@kadokawaharuki.co.jp[編集] ご意見・ご感想をお寄せください。